U1005640

生活的诗意

SHENGHUO DE SHIYI

沈铭祖　著

羊城晚报出版社
·广州·

图书在版编目（CIP）数据

生活的诗意 / 沈铭祖著. —广州：羊城晚报出版社，2017.3

ISBN 978-7-5543-0410-5

Ⅰ. ①生… Ⅱ. ①沈… Ⅲ. ①随笔—作品集—中国—当代 Ⅳ. ①I267.1

中国版本图书馆CIP数据核字（2017）第051947号

生活的诗意

Shenghuo de Shiyi

策划编辑 朱复融
责任编辑 朱复融
责任技编 张广生
装帧设计 友间文化
责任校对 张亚拉　麦丽芬
出版发行 羊城晚报出版社
（广州市天河区黄埔大道中309号羊城创意产业园3-13B　邮编：510665）
网址：www.ycwb-press.com
发行部电话：（020）87133824
出 版 人 吴　江
经　　销 广东新华发行集团股份有限公司
印　　刷 佛山市浩文彩色印刷有限公司（佛山市南海区狮山科技工业园A区）
规　　格 889毫米×1194毫米　1/32　印张9　字数160千
版　　次 2017年3月第1版　2017年3月第1次印刷
书　　号 ISBN 978-7-5543-0410-5
定　　价 36.00元

版权所有　违者必究（如发现因印装质量问题而影响阅读，请与印刷厂联系调换）

序

Preface

著名的心理学家阿费瑞德曾说过，在人类心灵的深处，潜藏着一股想要超越限制的行动。横在我们眼前的那些品格障碍，终究是会阻碍我们迈向人生的理想目标。我们生命中成就的大小，大半看我们能否维持生活的和谐，能否拒绝一切足以损害能力、减低效率的精神敌人于心胸之外。

生活需要和谐，人性需要美德。当我们谈论生活时，心中就会油然而生一种清晰而又富有诗意的感觉。这感觉就是自然物在我们心中造成的林林总总的印象与交融。正是这种感觉，才把一个伐木者眼中的木材与诗人眼中的树林区分开来。

如果一个人是热爱生活的，那么他的内在感官与外在感官就是息息相通的，纵然他已进入成年，但其童心仍然不泯。他与苍天和大地的神交成为他日常生活不可或缺的一部分。

读了铭祖兄的新著《生活的诗意》，让我最大的感悟就是健康的心灵需要诗意，生活中有诗意的人才能享受到人生的快乐与安恬。铭祖一边做着自己的文化培训事业，一边写着快意诗文，这种状态正是这种现实与精神的结合体。

这本书的出版，正应合了一个旧体诗的新时代，近期央视热播的中国诗词大会，无疑让几成鸡肋的古旧诗词，瞬间翻身又成为网红。现在写旧体诗的人其实不少，但写得好的并不多，能把诗的触角深入日常生活中的更稀罕。铭祖是个既写随笔也写旧体诗，特别是旧体诗，写得非常精到，是从“老干体”中突围出来的诗人。

阅读这本书，初看好像文章是文章，诗词是诗词，但阅读下去就会自然成为一体。以这种方式来表达诗意，在文本上应该算是一个不小的创意。因为这样，最起码让我们感觉到生活的诗意其实不需要专门只由诗词来表达，它本来就存在着，你只是没办法表达而已，当你有办法时，它便一下子活了起来。所以，只要会写中国字，诗意便是你的DNA。

对于雅致的文字与诗，总是让人欢喜的。这是一本不多见的当代原创旧体诗词结合现代生活而产生的种种情景。这样的融合，很有意思，也很有启示。仿佛让人从宁静的午间到最阴森的午夜的每一时刻、每一变化都与心灵的不同状态相对应，都赋予它们存在的依据，也自然是一幅既适合于上演喜剧又适合于上演悲剧的布景。阅读后，你会感到生活中没有什么不祥的东西——没有丑恶，没有令你万分惊恐的灾难会降临到你的生活中。你只会看到了某种与自己的本性一样美丽的东西。当你的心中充满了爱的阳光，怨憎与嫉妒的念头自然会逃之夭夭。在“爱”的阳光下，美丽的人性将会复苏，如春天的草坪，那些生活的阴影都将不复存在。

我们可以使自己的心胸成为“美”的艺术馆，也可使之成为“恐怖”的营垒。我们可以如我们的心意将我们的心胸布置成任何格式。

铭祖兄嘱我写序，以上这些话，没有什么华言丽语，只有一些心得体悟，算是我的一篇读后感吧！

朱复融

2017年3月

（作者系当代诗词家，羊城晚报出版社编委、艺术总监）

目录

Contents

第一章

迷失于繁剧 奔涌的世事

第五章 闷头发财，不管前路漆黑如墨

第六章 世风已深，流波不返

第七章

什么东西才能解我们匮涸之渴

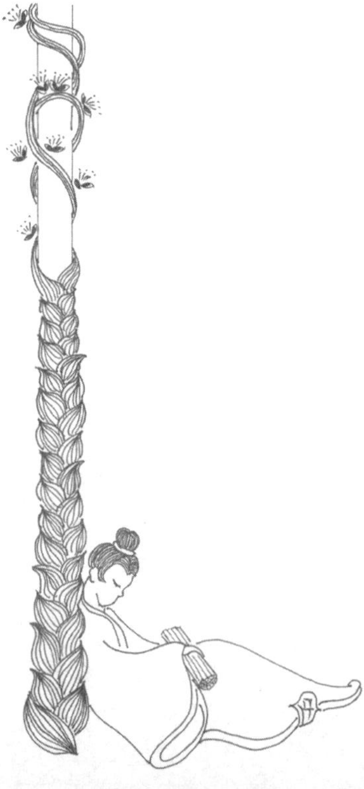

第一章

迷失于繁剧奔涌的世事

中国文字里的诗词文章，品种繁多，而本书所涉及的，只是有格律的诗词，范围一下子就定格了。不过并没有错过什么，因为，格律诗词，几乎就是现今我们所说的古诗词的主体了。当你了解了格律诗词，若再愿意深入去了解其余部分，就变得十分容易。

诗基本上就说绝句和律诗，主要是五言和七言的，词则只涉及大家可能都听到过的为数不多的词牌，比如水调歌头、卜算子、西江月、念奴娇等等。总之，我总是喜欢将复杂的事儿简单化，平生最怕的一个字就是——闷！

1

失伤

无论走得多远，你的天空都从未少过白云的行影，而中国的古人，总是将白云的眷顾等同于父母对你的思念。可我们往往走得很远很远，却常常无暇领受那一份永不失却的眷顾，而沉冗迷失于繁剧奔涌的世事。相对而言，白云已变得无多为用，就只是一处闲景，不无可也的陪衬，换言之，时日愈久，父母愈旧，我们无法再停步向后，跟不上的，那仅然是父母的唠叨。

2014年10月20日的早上，我独自驾车从色达五明佛学院开出，准备结束为期余月的藏区漫行。行程开始不久，就接到妹妹从老家打来的电话，说妈妈今晨走了！我停车路旁，一时阙如，耳离音声，目无定影，心入窈冥。我说不了什么，只是重复地喃喃道，等着我，等着我，我马上就回去！我已经在路上了！然后，不分日夜，一路南行，没下高速，只在休息区短憩即走，48小时，行了近2300公里，回到家，家人亲友全聚在客厅，都在等我。

顾不上招呼人，也来不及换上悲色，进到母亲停息的房间，揭开盖严着的陀罗尼被，望着安然而逝去的母亲，开始尽力诵念超度仪轨。

八年前的同一天，父亲在老家的祠堂逝去。从那一天起，母亲就开始迷蒙于对父亲离家出差抑或永远离去之不解之中，在时常地对父亲的不断叨念中日渐消弱，直到这一天，她已经在床上不能自理地生活了三年，由妹妹亲自照料着，却又精准地择从了同一天，与父亲在天国相聚，念及于此，母亲长达八年的迷蒙，看似也不太真实了。

我同样地没有在办理母亲后事前后之时伤心流泪，也抑止着亲人们明确的失伤，当然大家都明白我这样做，是为了不给杳然而逝的母亲一丝的打扰，这样，比我们可以无拘地表达伤戚更为重要。

多年前，父亲病重，我也是独自坐长途汽车赶回老家探望，途中的一首诗，一直留存于心里，没想到同样的情形，呈现于母亲消逝而去的日子里，深叹于人世之苦，永远都是如此，离别之伤，总也难以遣怀。是矣，诗之：

向晚雨疏陈，之乡问病亲。
天黄车马蹇，途旷郁云湮。
直望椿萱茂，惟难省定频。
无常催乃急，孑影怎伊人。

【五律】

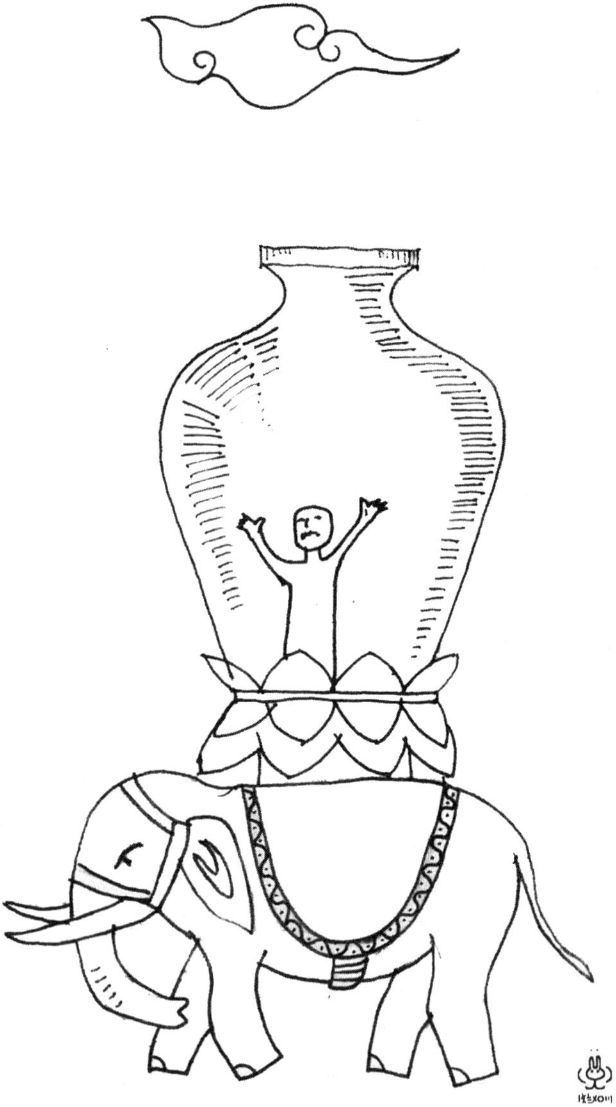

2

如饴

平安夜与朋友去二沙岛逛江岸河堤，那个地方平时就人流如织，今夜更是观者如垛，一步一趋，行步艰难。顺着江边行道的两边，全都排满了车，好不容易插入一个空位停好车，然后，就沿江堤漫步，边走边看，指点着远近的热闹。等看够了，要回家了，却出了问题——车子找不到了！

这时也晚了，车子已走得稀稀拉拉，我们沿道来回走了几次，却怎么也找不着自己的车，急切之间，心里冒出了结论，车子被人偷了！

我平时总是爱跟人鼓吹，诸如什么你所遇到的任何事情，无论好坏，都是正确的。好了，这种事现在来到我头上了，车子没了！那是正确的吗？还好，当晚的朋友可以作证，我还是经得过检验的，我甚至还能开心地说，这下就有了再买新车的借口了。

其实我很喜爱这部车，猛然间知道车子没了，说心里一点都不堵，也不大准确，但马上就回复清明，那也是事实。我非常明白，喜爱这两个字，会直接导致两个字的出现——留恋，我们因为喜爱，而留恋一件物品，一帧倩影，一段情感，尽管你之所留恋的，或许旁人会嗤之以鼻，你却是个中滋味，其甘如饴。这种品性很像一种名字相近的水果——榴梿。这种水果本身，就是一个传奇，爱之入骨者，趋之若鹜，厌其味怪异者，远走而避之。

我们尽其一生，都在种种的留恋之间穿越着，因留恋而滋润，却又为失去的留恋而苦涩，其实，最终结局都只有苦这一个字，因为留恋总是伴随着你的生命走向尽头，人没了，留恋还在。

除非，你超越了留恋，而留下的，只是滋味。这首七绝，说的是榴梿，还有我们对它的态度：

随业流方一世奇，
留连向野傍南枝。
原无罕味添兰室，
难得糜香馈朵颐。

【七绝】

3

受落

今天一位师兄在他的微信圈里有一句话，说他的一位恩人曾告诉他，孤独是一种福报，他现在正享受着这一句话。我相信他此说是真心的，正在为得到的孤独而自喜，开心。这似乎不太合于常情，因为孤独寂寞之类，往往是被厌弃的，人人走避不及，得之无奈，何乐之有？其实不然，若你能静心去感觉，孤独还真是难得而稀少的，只是，你不见得能受落。

当今的世界，是一个让人越发远离孤独的世界，手机互联网，QQ微信，网购网恋，超女快男，全都为了让你不能孤独而设计。如今流行的说法是抱团取暖，你若孤独了，周遭则全是担心，亲友死党，马上伸出灼热之手，把你扯进喧闹。你几乎不太可能一个人独处，哪怕是没有人在身边，还有网络电视电话，你如何出离得了这一堆东西?

独处之乐，寂寞之福，已是今人所无能受落之妙事。不是吗？试着放弃所有电子设备，独自一个人入于森林，待上三五日，或数周，数月，如果还不疯掉，那你便是能受落之人了。

孤独之事，在于能静心，能静心则可以养智，有智者善于取舍，周万事而能不忧，想必，这不算是坏事了。而散乱之心，除了昏沉，便是一路所向，直指烦劳，别无所趋。

多年前的一个夏日的午后，我独坐于花园池塘旁边，发着呆，见蜻蜓戏水，凉风习习，青莲摇曳，倦日昏花，心思便随景迹而游走，慢慢入于幻忽之境，有若黄粱之梦，历时甚久，跨朝过代地去到唐宋之时，又穿越回来到现今，诸事具详，历历有数，醒来发现，其时尚未及一刻，真真惊心的一刻！此次过后，周不时念兹在兹，回味悠悠，却又深恨此境之难再有，好吧，诗言志，便言之吧：

水引蜻蜓竖，风拉见碧莲。
心随花睡了，举目已千年。

【五绝】

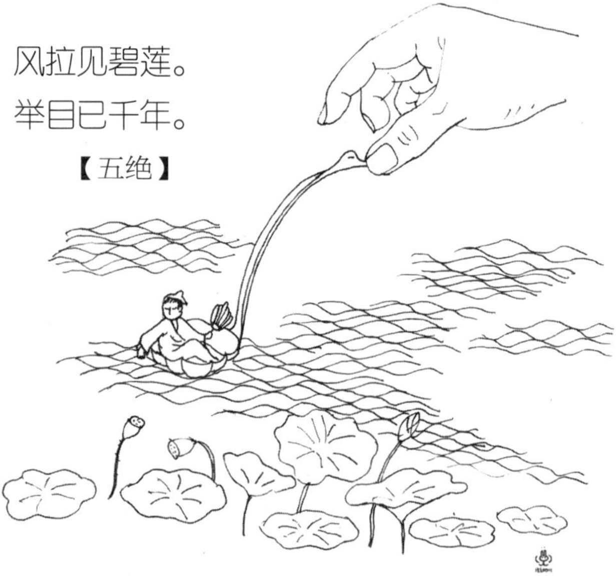

4

香鼎

潮州，我曾住过两年，深深了解那里是一个有文化沉淀的所在。在潮州府有古以来的文化传承中，有诸多不可复得的遗迹，它们弥足珍贵，在漫漫历史长河中有如夜明珠一般，向世人显扬着潮人文化的大根大本。无论从文化历史以及其他任何角度来看，这些日渐泯息的苍古遗脉，在现在人们的心目中，也许已经积轻厌薄，殊非一日矣！

潮州西湖，有一座小小的寺院，寿安古寺，就是这样的一个去处。她渊古纪远，传承闳厚，却鲜为时人所知。据《海阳县志》所载，寿安古寺初为州学旧址，可推至宋代，后改为佛教寺院，名净慧寺。到了明代万历年间，其时（1590年）潮州府知府徐一唯，与郡人唐伯元一起，在净慧寺旧址扩建新寺，改名寿安寺，居湖山之麓，前湖后山，方圆通达。

经历了漫长岁月风云及无数兵燹世患，如今的寿安古寺，是在2007年，于仅存一隅的残垣断壁中复建，面积只有200平方米。重建后的寿安古寺，虽然依然狭小的空间，终究一秉虔诚地散放着古佛的香火，传递宗绪，光被一方，广度群人，济益无类。

潮州作为潮汕文化的发源地，一直以来，政府都十分重视文化遗产的保护与重建工作，不仅如此，还非常善于将完善保存的文化，发扬光大于世界各地。但作为潮汕文化的摇篮之地，若要将潮汕文化的价值于本地发光张大，以丕显继往开来之功，还需要投入诸多潜沉罗掘的作为。比如作为古代州学旧址的现寿安古寺所在地，首先需要有原址保护措施，其次是文化价值的深入挖掘，最后是通过适合的方式以显扬其传世的价值。如此，可以使之作为一个传承久远的文化沉淀的宝地，终得以实至名归流芳于世。

恢复古寺的原址原貌，除了以上功效，还有更为现实的有效的意义。寿安古寺的历史脉络，即便在潮人中也不为大众所广知，更不说外地游客了，让人们了解，让后代了解，这是一种有意义的交代。此外，文代名城的潮州府，不但需要以本有的文化价值利益群众，还更需要让今天的人们，学习先辈的贤行与智慧，那是更为深切的价值传递，是惠及百代的善举。有感于此，一首七律，以为佐证：

山飙径舞伽篮隐，湖畔鲜风块气雄。
在昔新池曾影殿，方今旧罄仍倾宫。
韬尘拜寄焚香鼎，扶世亲如塞上翁。
一道莲花经旷古，扬芬法众济西东。

【七律】

5

臆障

我的一个中学同学，曾经参加过八次高考，最终才考上了大学。

当然，这是我那个时代的事。那时刚恢复高考不久，考上大学这一件事，不得了，比得上现在中福利彩票头等奖，估计还要更牛一点吧。因为若考了个状元，全市人民在一夜之间都知道你，而且会津津乐道许多年，你中奖能有如此待遇？

哦，我要说的是那个同学，他考了八年，其实中间也有考上中专大专的，但他就是不去上，因为他爸说了，考就要考一个伸手伸腿的（“大”字之形状），这一句名言让我们一直记着这件事。这同学后来考上了师范院校，出来当了老师，后来听说做到了校长的位置，之后如何，就不再有消息了。

也许，他的人生因为这样的执着而实现了某些方面的成功，但无论如何，没有多少人会向他学习，他的事迹只能是特定时代出现的某些怪异事件中的一件而已。

读了很多很多的书，是不是对你的人生就一定会有作用？我相信人人都有自己的答案，作用肯定有，增益的不说，说说反向的作用。

当一个人读书多了，他慢慢就会发现，别人不如他懂的多，好多人就会向他请教，如此，不知不觉之间，他生长了许多自大和骄傲。知识多了，发现自己对这个世界的认识深刻了，性情也上层次了，几乎可以到达无所不能的地步，这时他就开始进入某种臆障的状态。

可是，并没有因为懂得多，而让他事事顺畅，他也发现了世界上有很多事情根本不是靠知识多就能解决的，这时便开始了他的困惑。他会发现了其实懂得多的人非常多，甚至比他懂得更多的人，也是有的，这时，被人抢了先机的时候便开始有了。他也明白人家是比他强的，但并不服气，只好嫉妒。更有甚者，一些表面上读书没他多，知识没他广，性情没他高的人，却搞得比他更好，得到更多的成功，受到更多人的拥戴，他完全搞不懂，就愤怒了。

好了，从自得、傲慢、臆障、困惑、嫉妒到愤怒，好一场抹黑，似乎读书多了，结局就只有坏事。其实我没说别人，我说的是自己，我读了很多很多书，却发现自己不但没有得到什么增益，反而方方面面，都及不上周围平平常常去过日子的人，人生多少障碍，烦恼从未少过，开心总是很短促，富贵根本与我无缘，我那真是一本读书多而无益的活教材啊！或许还有不少人在走我这一条路，所以，我想通告一下，别学我！那是走不通的，走到老也看不到啥结果。

不过我现在是有结果的，那是因为我提早一步了解到这样的结局，及时加以切割，离开了那种状态。说得高一点，是一种超越，超越了读书多知识多的有用与无用的执着。说得平常一点，就是开始不太把知识当一回事，最后连自己，也不要太当一回事，天地沧桑，人很渺小，你活得如何，那点感受，是可以忽略不计的。好吧，以诗来证：

经曾叨忝诗书误，糜损形生费自量。
着意邺丰卷帙浩，何如窖满菜花香。
春秋更替人行老，日月交催事未央。
伏念吾身非我所，寸心一刹等沧桑。

【七律】

6

牵尘

我行文鲜涉情爱，记得曾写过一部小说的开头，名为《青春里的湖》，是情爱题材，本打算来个中篇，可写了约一万字就停手了，终未成文。不是写不了，也不是没有经历，更不是不解风情，而是，也许我一直钻进了一个误区里，认为男女之事，本就私密，现已不密，终究归于密就最好。毕竟，这件事跟吃喝一样，是人由蒙昧始便能无师自通之事，每人所经历的过程深浅，兴致宽窄，感慨高低，因果起伏，大体一致，说来说去，都是陈年谷子，已不新鲜。

可是，我不说，不等于无人说，不知为什么，一件说了数千年的事，大家越说却越来劲，丝毫不见衰微，还翻来覆去层出不穷的，到底又是为的哪一出呢？

其实，千年不改，越来越来劲的，远不止男女这一件事。

就说吃吧，今天圈子里有一篇耸人听闻的文章，题目就叫做“吃肉是一件勇敢的事”，说的是现在吃肉，几乎等同于吃毒，为什么？因为你我胃口太大，动物生长速度根本赶不上，所以，必须在所有牲畜生长过程中添加大量的增肥剂与抗生素，请注意，那是“必须”的，如果不加，根本养不活，你我也吃不成肉。吃成了这种样子，这股劲也忒大了！

再说玩，现在的玩儿有多少，我就不说了，太多，你根本停不下来，电视里数不清的肥皂剧，电影天天有大片，电玩，网络，手机，广场舞，麻将桌，再不济的，大街上扎堆下象棋的老男人，也数不清呀！这股劲大不？您说吧。

回头看看爱情，那已经进化得有点离谱了，那个事，早已不限于男女之间了，唉！不用往下说了吧？是呀，人这种动物，其实跟笼子里的小白老鼠跑圆形梯子差不多的，兜圈子几千年了，还以为都是新玩儿，其实大俗！

不说了，来一首尽情爱之兴的靡词吧：

濡沫沧情，缱绻耽沦。惜其时，靡语殷殷。香风云缕，洽畅欢亲。惯吞同气，行同影，梦同人。

经春隔别，厮留心绪。已难销，英落喧纷。而今行所，些许牵尘。看季如秋，念如旧，月如轮。【行香子】

这首词的上片写的是情在浓时的黏性，下片写俩人不好了，却又不舍的拧劲，我想那是人人都走过一遍两遍的事了。情爱的黏糊会让人深陷，不舍时的拧巴，却又令人郁灭。当你清醒时，去回首一段讫情尽意的姿欢纠缭，尽管仍在牵心动肺，却也难免平常，那样的事，可轻可重。重者愈重，情因未了；轻者愈轻，孽缘将尽。

其实我想说的是，情爱有时令人下坠，不可耽恋，浅尝辄止，早日拔离为最妙，不知君等领情不？

7

莫却

人都想要自由，却又往往不可得。为什么？因为无论从哪一个角度去看，自由都是极奢侈的奢侈品，要得之，光靠努力，似乎远远不够。

物质层面的自由好像较容易理解，有钱有闲，想买啥就买啥，想去哪儿就去哪儿，可以任性一点，可是无论你钱再多，总还会有比你更任性的人，不信的话你可以问李嘉诚，或者首富比尔，他们反而不太敢任性，说明这一层次的自由，力度欠佳。

精神上的自由，中国人的祖宗上有庄子为牛首，人家独与天地精神同往来，不与世味共。而庄周以降，几乎所有的文人都想学他，可是要完全摆脱物质的拘绊，对惯于身心泥俗的文人来说，难如上青天，故而，只能落得个四不像，转而标榜于寄附在尘世之上的性情，可性情再高，又与自由何干？

至于灵性上的自由，这个东西玄之又玄，物我难分，在亦不在，不在亦在，实不可说也。但匈牙利诗人裴多菲曾有过为了自由，生命及爱情皆可抛弃的诗句，说明那些文坛先人们对于自由的价值还是相当地认可的。追求灵性自由，超越人世中种种珍贵的东西，是一些有所觉醒者的终极向往，那才是真正的自由。

不过，自由之不可得，犹如向水中捞月一样难，那如何是好呢？前面讲过，光靠努力是远远不够的！那得有足够的际遇，也就是，在你不认识自由，不向往自由时，永远也没有可能得到自由；就是认识了，向往了，也不容易得之。

要想有真自由，得不离人味才对。就是说，对我们而言，自由之道，是在人世间行走出来的，若我们好好看看这个世界，就可以发现，虽天地悬旷，万物浩博，可生灵繁滋，天与其福，游驰周方，不虞无匮。我们生息其间，实在没有什么不可以的，自由当然亦可以。

好好去感受天地吐纳，草木稣息，还有你周遭人群的苦乐渐次，荣衰流奔，这尘世俗众的潮流里，总有着自由的出口，将自己融入，而非舍弃，哪怕茹苦历辛，岁月困耗，也要用心力留住点滴希望，冰玉之缘，终可有期。

好吧，我承认我已经把你说迷糊，你直接吟诗就好了：

冬借秋黄河海静，嫩凉轻渗雨飘绵。
薄霜疏列凌江岸，寒水烟生入客船。
浮寄苍青身倥偬，消沉逝水此流年。
独行莫废犹怜取，漫诞何期冰玉缘。

【七律】

8 合一

知识与学问有没有用？在现实世界似乎有着大用，物质世界上的一切精彩，若没有知识与学问，能得到吗？这不无道理。问题是历尽繁华，人世的精彩与你敏感的神经不再相关联的时候，什么才是最有用的呢？这个很难说了，可我们还是会死死执着于那物质世界的虚华与精神世界的契同，我们会认为人生就只有这些了，其他的都不重要，或者说，不太重要，可有可无，有了也只是锦上添花而已。因而我们会执着于知识的积累与学问的淹通，往往不自觉地滑入一种自大之中。

而基于知识的傲慢，将会导致一个你所未察的猛厉结果，那就是在面对死亡恐惧之时，你定然会比不傲慢的人更痛苦！死亡恐惧人人平等而有，且不会等到你年华将老时才发生，而是，在你人生的每一个刹那，它都与你不离不弃。人的知识与精神高度，完全不能消除对于死亡的恐惧，唯有灵性的成长才是出路，而基于知识的傲慢，则最能堵塞灵性成长的通路！

丰子恺说过，人生有三层楼，首层是物质，二楼是精神，三楼则是灵性。物质比较明白易了，精神与灵性，却往往令人难以分清，许多人将精神的升华与感悟，当作为灵性的成长。其中最容易产生误解的是艺术，比如绘画、摄影、诗歌等等。

踏花归来马蹄香，这是宋代的一幅名画，画不重要，而由马蹄闻到花香重要，这是一种什么效果？那就算是一曲催眠曲吧，但若真让人闻到香，这画也算是有一点境界了。这是中国画所追求的境界，那是一种精神的高度，但跟灵性无关。还有摄影，也是我们许多人的爱好，因为这可以让人由里及外，由近及远，由小及大地让我们凝结自然之美于手心，随意玩赏。

而由王维清简的禅诗，到杜甫沉郁的七律，还有李白奔放无敌的古风，而由听白居易的长恨歌，读柳永靡丽的婉约词，唱张若虚的春江花月夜，你的心绪情怀，会被感染而丰色，那些都只是对物质世界的一种餍足后的暂离，但毕竟还仍是在享用，而且这样的享用较之于物质还更容易上瘾，那也不是灵性。

王国维也说过人生的三个境界："昨夜西风凋碧树。独上高楼，望尽天涯路。衣带渐宽终不悔，为伊消得人憔悴。众里寻他千百度，蓦然回首，那人却在灯火阑珊处。"不过这全是对精神世界的描摹，只有性情，与灵性无关。

那么，灵性是什么？较玄的说法，是让灵魂安住于无始无终、其大无外、其小无内的虚空，这就是你灵性的归宿，这说法自然很是空灵而究竟，但却无法把玩体察。好吧，换一种接地气的说法，灵性就是让你能对付恐惧，而一切恐惧之中，最最根本与重要的，是死亡恐惧。这种能对付终极恐惧的灵性，有没有用呢？只能由你慢慢去体味了。

中国古人一直都强调灵性的追求，从司马迁欲以“究天人之际，通古今之变”，到诸葛亮标榜“淡泊以明志，宁静以致远”，再到庄周的“独与天地精神同往来”，都让我们看到了这个追寻的脚印，而儒道两家一致致力于天人合一的诉求，则把灵性放在了头位，为什么这样说？因为合一就是灵性，那是终极的灵性。

我们倒可以透过唐代青原禅师三种山水的说法，去感悟一点灵性的滋味，这个说法是：“见山就是山，见水就是水。见山不是山，见水不是水。见山还是山，见水还是水。”第一种见地，就是我们处于物质世界的境地；而见山不是山，由山看到不是山之处，则有了以点到面的精神境界，但还不能合一；最后的回归，山仍是山，可此山非那山了，是合一后的回归，那是一种随缘不变、不变随缘的境地。

好了，有关灵性，我一介凡夫只能说说而已，当作一个向往，一种愿心吧。诗词里面有一个词牌叫做沁园春，那是许多大文人大人物用来宣泄其最高志向或见地所常用的词牌，我本无大志，只是为了不揣鄙陋，也来它一首：

漠域星云，浩劫仙踪，纵贯十方。有万千世界，群生瀚远，溟茫大地，物竞周彰。品阅凡间，放情江海，漫漫嚣尘遮宝光。争如是，且心包太一，遍摄苍凉。

依然岁月流长，奈不负涓涓逝水伤。昔透空三界，不离尘幻，妙华一瓣，犹噀天香。末世方舟，闲寂净土，梦断横流任故乡。人道矣，看江山辈出，代有昂藏。【沁园春】

9

穌暖

小寒驾到，据说那是一年中最寒冷的时候，在广州，寒冷倒不是主要的，雾湿则更为明显一些。北方来粤的朋友常说，南方的冷往往比北方为甚，一是家里没有暖气，二是气候的湿滑，气温一降，就阴冷入骨，好像是有一点道理的。

就我来说，冬天是最欢喜的季节，南方的濡湿其实主要在春夏两季，冬天相对来说是干爽的时候多，干得又没有达到北方干到皮裂的程度，那多好！冬天之美，有一样是能有好睡眠，像今年入冬以来到现在，晚上都是十度上下，居家衣服稍厚，被子也稍厚，晚上就很好过，若天不下雨，根本不会有潮湿的问题，遥夜里，干爽穌暖，声消人息，正宜酣然入梦。

小寒应不是广州最冷的时间，广州住了二十年了，印象里最寒冷的时节是春节前后。记得有一年冷到极点，过年时好像降到零度以下，晚上得烤火，搞到商场里电热炉子都卖断了货。这样的冷在南方当属少见，往往就有游居街头者被冻死的报道，寒冷到可以夺命，那的确令人惊心，有点空间猛烈切换的异样感，那应该是寒域国度的北方才会有的事啊！

冬天里除了好睡，另外还有一些好消息，比如广州的菜心，在冬天吃就很有甜味，越是刮北风，气温低，菜心越好吃。增城还有一种特别的菜心，叫做迟菜心，生长的时间较一般菜心长，长得很高大，可又非常脆嫩清甜，严冬尤佳，那可是只有在广州的冬天里很短的时间内才能吃到的哦。

我还没有在北方过冬的经历，习惯了南方的暖冬，心想零下二三十度的冰雪世界，是不是别有一番情形？好吧，我想去见识一下，不过到了那时，下面这首诗，可能就读不出声了：

见晚冻云潜，刀风紧拍帘。
乍寒几失措，亏得菜心甜。

【五绝】

10

侘寂

近日，国内设计界流行这两个字：侘寂，缘起于有人翻译了一本美国人写的书《侘寂之美》，这本书所讲的，是日本人的一个美学诉求。侘寂这两个字在中文里并不构成一个词，起码不是一个常用的词，不过真要放在一起，也是可以很有意思的，侘指失意，寂则寥落，合起来无非怀才不遇，落落寡欢之意，在这种情状里有没有美呢？就不好说了，如果是屈原，那就一定是有的，因为他曾说过：怀信侘傺，忽乎吾将行兮。意思是我忠于职守但却不受重用，只好告别而前行了，亦即是“此处不留爷，自有留爷处”之意，可一经屈原之口说出，就美不胜收也。（当然，侘寂与侘傺意思有所不同，这里忽略）

而在日本，侘寂似乎完全没有了原本的意思，可见中国字跑到日本去，随着时间是会走味的，日本人的解释，侘指本质美的外显，寂则是历经时日而不变的本质，因而所谓侘寂之美，其根本的意义是将事物的历时久远而不变的本质之美，将它显发出来。由此开来，又衍生出种种附会之意，如残缺之美、简约之美、古旧之美、寂寞之美等等。日本的茶道，还有花道，就源自于此，而近代商业设计，也备受其影响，如手机外形的设计，苹果肯定用的就是侘寂的创意，国内的小米，也在走这条路线。

若按我的理解，日本人将这个词组得极为漂亮，却又将其所能表达的意义复杂化了，其实完全按照文字的本意去理解，才是最准确无误的。侘，不被注意，不受重视，本质总是远离俗人的目光，但若能发用，那将会有惊世之美；寂，静极之人，不动的物，是超越时间限制的，刹那与千劫同等，而只有本质，才能历久不变。

这样的解说，可以与禅宗的空境遥接，空境的世俗理解，便有潜在着无限可能性之意，以美学角度，越是简约而精质的东西，才可以让最大数量的人附会出不同的美受，那么，那些最自然而未受到人类染污的景物，随时日久长而流显其本来面目的物件，则最能让人感受到美。

有朋友调侃说，你常说的“侘寂”这两个字，一个字去掉一部分，便成“宅叔”，那便是您老人家的本来面目！对的，大有道理！俺非“作（坐）家”，宅叔而已，不过，一个宅叔，来了一位宝贝（宀）人儿（亻），遂成侘寂之美，岂不更妙？的确讨巧！

我的另一位朋友，是个知名画家，汕头大学教授林凯龙先生，作品似有侘寂之风，他有一幅大尺寸国画作品，名为《松风茗韵》，让我帮他题诗一首，此诗聊可以当作侘寂的写照吧（还藏头的，俗！）：

松音从罄流，风月照阿丘。
茗汤滋奥府，韵骨漱冰瓯。

【五绝】

第二章

因自由故敢奔骋，以任侠而能履薄

这章出现了一首似乎是律绝之外的五排，其实仍属律诗，只是句子数量增加了，不止八句，但一定是双数句，且与律诗格律一致。律诗的格律，无论五言七言都一样，都由八句构成，也可以说由四个联组成。联即对联，上下联相对，平仄相对，词性也要相对。律诗中联与联之间，要相粘，是指平仄相粘，即上联的下句与下联的上句平仄要一致。

说到对联，许多人认为并没什么了不起，其实大谬。对联是骈文的基本元素，而骈体文，是所有体裁的中国文字的精华，这是世界所有文字里，只有中文才具有的品质，它的雅致与高贵，最终体现在中华文化的核心展现中。因为文字，终究是一切文化的面子，没有了面子，再好的里子也无从得见。

1

伦超

以下文字所载之事，非我本人经历，而是应一位道友之请而写，那是她的真实经历，故用第一人称，下文的“我”指“她”，非我自己。

我们在读古代的禅宗公案时，常常会读到许多禅师预知时至而如约归西的例子，他们将生死之事，弄得像一场说走就走的旅行那么潇洒，读之怅然，却又令人多少半信半疑——人真的可以修炼到这种地步，说走真的就能走？可是万没想到，这样的事，却让我这一介凡夫遽然得遇了，就在我身边发生，我熟悉的人！那可是一件真正让我怵撼五内的事啊！如是我知，古代那些禅师的示现，全是真实不虚的。

刘姥姥，名为刘金秀，七十多岁的一个老人，来自江西南昌，我们之前并不认识，只是不约而同，来参加五明佛学院每年一次举办的地藏法会，又一同住在一位我们共同认识的比丘尼家。这样认识了，而且，八天法会期间，我和她就住在同一小屋子里，她睡地铺，却将小床让我睡。

认识之初，姥姥平静而寡言，完全是行止简朴到让人不易入目的一个人。可是听与她同来的杨师兄说，可别小看了姥姥，她是个真正的老修，年纪虽大，却常年在藏地游学，比年轻人还来劲，曾经为求一个法，在亚青寺一待就是三个月，只要听说哪里有殊胜的传法和灌顶，她总是不辞辛苦地前往，绝不轻易放过。

法会期间，姥姥年纪虽大，却一直感到她在照顾我。一起吃饭，她总是以饭为主，将菜留下让我多吃，我们住的地方离公共厕所较远，晚上若要起夜，我胆小不敢去，姥姥总是二话不说陪我去，现在回想起来，姥姥无我的修行，比我强多了。

法会圆满后，我们还一起去色达参加了一个大型的灌顶法会，为时三天，这期间我与姥姥也是天天同行，也有了更多的相互了解。不过，我对姥姥的认识，却还是停留在她是一个好人，一个好的修行人，仅此而已，并没有更特别的，直到那一天，我收到了杨师兄发来的微信。

这条微信就像闹钟将我从梦中叫醒那样，时间一下子就凝结了，梦停住了，而让我醒来的事，与梦形成的反差，让我一时间陷入混乱。师兄只是简单地说，姥姥往生了，在去岗仁波齐神山朝圣的路上，途中休息，她下车去方便回来，坐上了车，就安静地走了。师兄说得很平静，后面也讲了许多细节，可我只是看清了前面几句，后面的，慢慢就看不清楚了……只发现自己早已成了泪人，眼前一片模糊。

怎么会这样呢？姥姥虽显平凡，可身体很好很强壮的，精神也很高昂，法会结束回去南昌，还给我打过电话，说要去神山朝圣，要我也一起去的，可现在，您却走了……

在我慢慢清醒过来时，猛然间感到自己错过了某些东西。姥姥这样子走，并不寻常，杨师兄后来给我来电话，说姥姥走时一脸的平静，连眉头都不皱一下。我心里开始有一点追悔，我为何一路只当姥姥是一个平凡的好人呢？我为何未能早一点领悟到姥姥的不凡呢！这一点追悔之心，其实还够不上震撼，但最后我还是被姥姥真的震住了！因为，杨师兄后来进一步细说，说姥姥走后，在当地火化了，得到的是常人所没有的雪白雪白的骨灰，同一路去朝圣的一位大活佛说了，姥姥已经往生净土，这是肯定的，活佛还要将姥姥的骨灰的一部分，在朝圣的路上洒放。

就这样，听着听着，心里在一点点收紧，姥姥的不寻常之念也在点点连成串，这时电话中的杨师兄突然间有点激动，说差点忘记说了，姥姥在出发朝圣之前，已经留下遗书，给她的子女说，若这次出行有什么意外，一切后事就由杨师兄帮助处理……我顿时明白，原来是这样啊！好呀姥姥！你跟我好，说与我有缘，可你却装着平凡不让我知，其实你什么都了知，你说来就来，说走就走，我跟你天天待在一起，却一无所知，现在好了，你自在了，消失了，生净土去了，留下我这业障凡夫，该如何是好啊？

在我慢慢平静下来，不哭泣了，知道这不是一件值得哭泣的事，身边出现了姥姥这样的人，做了这样的示现，是要告诉我，佛法的真实不虚！我只能对自己说，真心地说，好好修行！精进修行！要像姥姥那样，生之死之，自由来去！这也是我想给所有与我有缘的人说的话，人身难得我已得，精进修行果自来！

好的，故事说完了，我也与这位道友一样，真心被姥姥的神行感到惊奇，她有多高的境界我不了解，可我也想跟她一样，来去自在！好吧，姥姥，送您诗一首，相信您在净土一定能读到，以表达一下我们全体业障凡夫对您的一点仰慕之情：

赫赫暄红陈梦泱，安之如止伫空常。
伦超玉界一何觅，无上清凉只我乡。

【七绝】

2

履薄

就要过年，又到了农民工们跨上铁骑，千军万马，浩浩荡荡，冲向高速奔腾返乡的时间了，那真是太壮观了！有诗为证：

驿路失流霜，乡年负客囊。
风横呵冻野，一任雪尘长。

【五绝】

这首小绝，是前几年刚刚出现这种现象时所写，当时我着实被农民兄弟“一任雪尘长”的豪情所撼动，也向往着有机会跟他们一样，千里铁骑，回乡探亲！不过还好，这种机会始终未能出现，要不我这把老骨头，早已风横呵冻野了。不过，后来我还是开汽车过足了一把瘾。

我们往往因贫穷、少知识、不卫生、不礼貌等等，轻看了农民兄弟，可就凭这“乡年负客囊”，你就必须高看他们几分！他们之所以这样做，固然有车票不好买，年关人流太多，坐车费用太贵等诸多原因，可这不是全部的原因，那还有其他的什么原因呢？

以我的习性，无论去哪儿，我原意独自开车前往，几百公里、一千公里、两千公里、三千公里……都不愿坐汽车、火车、飞机去，以现在的油费加上路桥费，其实这是一种极费银子的走法，可我还是乐意，只要条件许可，就驾车。别人要问我为什么，我就说我是车夫转世，上辈子车缘太深，有未了之情。呵呵，你了解，这只是玩笑的说法。

是的，我非常了解他们的选择，因为那也是我的选择！在我们的骨子里，都有着一种同样的东西，那就是“自由”。不论他们外在表现得如何的不堪，你得承认，在所有的类人群中，他们是最最自由的一群，而今眼目之下，在自由的珍贵之处开始被人看重之时，一贯被看低的农民哥哥，他们的自在，非你我所能想象！

除了自由，任侠之气也是我们所不易发现的，但这的确是他们天生固然的东西！所谓任侠，无非是勇为而敢受，所有事情于他们而言，往往是始于拙莽而止于担待。在古代他们仗七尺剑行万里路，现在改为铁骑返乡，同样地精彩！

他们因自由故敢奔骋，以任侠而能履薄，此外，绝非其他群类们之所能为，故而只能在有限的他们身上，去品叹一番人类难得的精彩，他们，可真的是珍贵的一群啊！

3

诗愁

朋友请我去体育馆看了场篮球赛，国内CBA联赛某个场次的。我曾在大学篮球队待过，虽然只是替补，但也算得上是懂球之人。比赛非常精彩，无论是节奏、技术、现场气氛，都引人入胜，因而由头至尾我都看得很兴奋。球赛结束，朋友送我回家，一路上只是闷头开车，不甚开心，我问了，他说他是A队粉丝，而今晚A队输了，故而不开心。

我一时无语，只顾了自己开心，没留心到他的感受，有点自私。可是，难道，真的那么重要吗？A队B队的，我没搞清楚，也没有成为谁的粉丝，只是被球赛吸引着，一路饶有兴趣地看下去，哪队输哪队赢，我真没留心。

大家评评理，是不是这样？去看球赛，难道必须要成为其中一队的粉丝吗？球赛本身好看，难道不是最重要的？输赢，跟观众有什么关系？球赛精彩才是你我之所以愿意去看的主要原因吧？

我想有人会同意我的意见！那么恭喜你了，你跟我是一伙的，我们都同意，参与任一件事，过程好玩才是最重要的，输赢并不重要，对吗？如果OK，你可以将你的这个境界带至任何场所，如此，你的人生就真有境界了。比如做生意，你很享受这个生意的过程，而不执着于生意的赢与亏。又比如谈恋爱，你只受用过程，最后能否得成正果你不执着。最后，你整个一生，都这样，行吗？

说到这样，可能你早已不再同意我了，或者道理你认可，但事情真若是那样的，你就难以接受了。

其实，人的高境界，高智慧，并不太神秘，能做到上面所说的，便是了，可就是那样简单，而极少有人能真正做到，这真是让人感叹不已啊！

我写诗，往往都是带着情绪的，当那些情绪，通过景物衬托，时空置换，自他交替等方法，以精致的语言表达出来了，其实情绪已不再重要，这首诗倒成了可以长留于世的信物。

读遍古今中外的诗句，都是如此，诗很美，愁很轻，如诗所曰：

山庭色影阑，花月伺相看。
水谷希声软，诗愁各两端。

【五绝】

4

孤枝

不怕贼偷银，只怕贼惦记。不被人惦记的生活，其实蛮爽，哪怕那一头的，是情人！

情人节刚过，情人们如浮云般散去，好多人却会落下伤感的毛病。其实那样的故事千百年里反复被人类演练着，愚不可及地执着于卿卿我我的小情意，以为那才是人世间之最美，宁为爱情故，啥都可抛弃，但结局往往很狗血。可为何一陷进去，就都一样地不可自拔了呢？上到沧桑大叔，下至青沟子小屁娃儿。

我的一位资格情场沉渣大叔老友，最近到处宣嚷要开始守独，我走近他，好奇地盯看着他那孤直的眼神，小心问道，兄弟您几时开始忘药的？忘药不等于忘情哈！他眼神转至恢诡，以仿佛由脚底下发出的低沉之声说，兄弟你不懂，俺学的是孔夫子！这……你牛叉，你那些破事，都敢拿夫子来排比，能二得如此壮烈的还真不多！

其实我明白他的意思，以其五张以上的年纪，情欲的老鼠尾巴虽小却还精致，对世间喧闹的出之入之，深晓感情是复杂的，情痴是难看的，孽果是难吃的，但那个精致，说放下就能放下，那得有在年前修个几十个大劫的功夫吧？大叔老是老了，可还老得太嫩。

由是观之，之于情事，只随缘，不攀抢，只享新鲜菜，不存隔夜饭，来了去了，都是该来该去，言欢言愁，已经欢了愁了，是为正能量。好吧，吟一首临江仙，来一起共勉：

闲坐空堂知惆怅，夜沉愁阔添词。酸悲只是各东西，清狂无觅处，巨野一孤枝。

伫望千秋堪洒泪，漫郎杖剑今随。夏长不奈梦虚迟，怏然憔悴色，指笑断肠谁。【临江仙】

5

参差

当你遇到一个只会索取，而从来不思回报，也不打算回报的人，你将作何反应呢？按常理，你会反抗，会以愤怒来回击他。若那样，只说明你还一直活在常理之中，而无法对你的情绪有半分的迁越，这对你来说，真是一个悲哀的结局。

其实你应该高兴，应该毫无障碍地去接纳这个人！

这是什么道理呢？你必须承认，遭遇到这样的人，那是一件极稀罕的事，并不是人人都能轻易遇到，而现在让你得着了，就像中了大奖一样，是多么难得的事！他的到来，给你打开了一扇门，从这个门走出去，你所能到达的状态，将会让你的人生，由此开始而具有了超越的品质！

这品质有什么用处呢？这可真是一个难题，对绝大多数人而言，很不容易面对，会选择绕过它，只有一些珍贵的人，才有勇气去拆解难题。

其实，人都渺小，哪怕你在这世界上活得已经很强大，钱极多，权很重，名够高，或者三样全占完，你还难免不被渺小，不是吗？这样的例子现今已经很多，不用证明了。故而，你还能被索取，当是你最不渺小的一瞬间。别以为这是一个自我安慰，在这个世界里若再无人求你之时，你就知道，何为司马牛之叹了。

这情形放到男女情爱去说，也一样，不止一样，应该算是大奖中的特等。男女之事都是近身肉搏，互相伤害当属平常，可你的不能超越却让你伤上加伤，对方亦然，这不是什么好玩的事。真相本来是互不相欠的，可道理却都有一大堆，说明自己被亏欠了，那好，开打吧！小则平静分手，大至刀枪相向。破烂人生中的破烂事，结局往往不费思量也了然。有个朋友说了，男人女人的，宁卸磨杀驴，而不一往情深，理是糙的，却能让我听得进去。大家不用学我的，你们各行其是好了。

好吧，世间事注定只能残缺，将所有理上不通的都看作平常，那才是真正的人生，虽然这个会让人多少产生无力感，但却是确理，你没法子不让自己的境界往那个方向挪，除非你愿意活个不明不白，然后一死了之。

春天到了，我来唱一首长调，东风第一枝，希望可以帮你遣散一下一年的不爽：

勘破今生，劫灰堆影，周张坠魂追叹。无明翻起尘昏，复来去深回浅。牧心薄地，固难舍、粉脂香软。却闻了、故道花红，惊尽走林飞燕。

惊唤起、倾动素眼，金碧池、雨粉拂面。亦合说梦推真，光景似曾旧苑。寄身旷世，千江漫过天如线。轮照孤光总参差，只惜一时谁见。【东风第一枝】

6

张陈

每近年关，像北京上海广州深圳这些大城市，都会出现空城之状，这种情形，正越演越烈，到了何种程度——过年期间，请月嫂的月薪得要几万元。这样的景况，相信于全世界而言只中国独有。

我常常在藏地游逛，那里地旷人稀，相对于发达之地，生活有诸多的不便，但却让你感觉，那里才是人应该待的地方，因为有两样东西，是你生活在大都市里花再多的钱也没办法拥有的——纯净的空气，与水。

以上两两相比，更愿意待在哪里呢？我很难定夺，相信你也是的。人因内有所欲而向外造作，这是一个宿命般的惯性，如果你毫无警觉，根本就不会感到有何不妥，而大都市的所有便捷与舒适的繁衍，体现着人类造作的极致，这不单不会被警惕，还往往被作为一种了不起的成就，让全体人种集体仰望。

当然我们也明白，造作同时会带来紧缚，也就是身的轻舒需要以心的挤压为代价，年关逃离就是一种释放的表达。可是，你又不能不回来，因为你身上造作的惯性，那是不知经了多少劫才修得，涌向嚣纷，成为我们大多数人身不由己的择取。

在广州生活了二十多年，见到了此地由简陋到精致的造作结果，是呀，大家都是蛮拼的，将一个小小的销金窟，变成一个大大的聚宝盆。前几天带一个藏地来的朋友去珠江夜游，那是我多年来的一个固定节目，凡外地朋友来都陪其一游，一路无所兴致，就问藏地朋友，说你喜欢这里还是喜欢藏地？一个多么无趣的话题，他却说了，这里挺好，但还是更愿意在藏地，再问为什么，他说有时也喜欢闹一点。即便是清净修持几十年的人，也接受欲之偶有不拒，就不说那些一身烟火气之人了。

当然，最好的选择，是在内心里，将这里一点一点地变成净土，身在喧哗却又入得寂尔，惯常于外而罕俦于内，是个境界。有诗赞曰：

穗城春报，尽辽遥、百越雨工方物。蛮岭如今形热土，道贯北南胡粤。望断云山，烟生珠水，涨绿吞潮忽。排江楼阁、艳灯倾夜流彻。

千载商埠张陈，东西货客、生面多豪杰。多少春秋堪浪掷，时令犹今风发。岁月流金，韶华如故，宕落穹苍阔。素心如海，明空一水江月。【念奴娇】

7

块然

我们应该活得高尚，而非堕落，何谓之？活在因果里而没被因果所拘，谓之高尚，而不想活在因果里，又难逃被因果所控制则为堕落。

我的一个朋友，刚与他人签了一个商业合约，当时就隐隐约约心有不安，回家反复翻看，便感觉大有问题，将有可能造成很大的经济损失，但签了的合约是会生效的，等于开启了一个开关，然后苦等着一个坏结果的到来——这就是自甘堕落。

但若能一转念，明白这个已经不可挽回的结果本来就是因果在兑现，不是眼下所能左右之事，那有什么好苦的？这就高尚其事了。

世上所有的吵吵嚷嚷，直至到打打杀杀，全都是因为大多数人自甘堕落，而极少有人能高尚其事。

那该怎么办？置身于这个堕落的世界中，你如何才可以高尚起来呢？其实那只是一个方向，对绝大多数人而言，充其量只可以做到骗人骗己的所谓平静而已，很难高尚得起来。在遭遇了貌似完全不合理的对待之后，内心深处的某个幽暗的角落，是很难块然得了的。可人之一生，遇到此种情形那是一个必然事件，可大可小的折腾，你如何能安然而去？

有许多办法的，近来最流行的一个，是去喝茶，像禅宗老祖说的那句：吃茶去！然后就跟人大谈茶禅一味之类的高言，至于暗藏心底的那个郁结，是不是可化得了呢？偶尔还是有用的。

人世间的所有纠结于心的宿障，经由对一道粗陋浅劣的下茶，品出精妙深韵的上味，而完成了从身心疲厌到清明的置换，便是茶禅一味之真义。可惜，我们常常只是坐在雅致茶轩里，使用着简约精美的茶具，吃着号称天下稀有的一泡靓茶，许多人却便以为得了禅味，当然只是一个美丽的误会了。

好的，手头正好有一泡台湾老舅送的冻顶乌龙，现以一支长歌，看能否品出它的天香：

天贶武夷，香氛鹿谷，冻顶纤云流翠。霁岫托形，岚烟赋性，凤羽灵淑之子。浪揉烘焙，方遂了，墨青瑶蕊。心素以归一瓣，微馨块然遐迩。

龙团坐汤弄戏，纵风情，与何人说。明月穿空夜话，露霞朝醉，调鼎吹瓯赏对。些时醒，仙津洗尘靡。骨透清风，心斋引岁。【天香】

8

彼哉

人们常常会认为，既然你都学佛了，还那么多毛病，那还不如不学。其实你这样说，就跟责怪你那个在理工科名校读四年级的儿子连电视机都不会修理一样不合理。学佛，只是像一名射手，他也许已经正确地瞄准了目标，但并非就一定能马上命中，这视乎他离目标有多远，枪口离目标只一公分，与有一万公里之遥，毕竟是不一样的。

记得前两年与一位文人好友去登白云山，先是坐缆车到半山，然后徒步走到山顶，那里叫做摩天峰。一路之上，看着晴天白云，在群岭之上飘漫，满目苍翠，碧青万顷，心情打开，便觉通体舒张。路遇一寺院，处在密林之中，里间隐约传来梵音妙吟，一时便有神回幽溟之感。秋爽之时，宜与天地同呼吸，古人此间登临名山，正为合于此道。其时秋已入深，寒露初现，伴着萧萧落叶，于山谷僻野间漫步，与友人低语高论着，这时分，外面的世界，可以离我们很远很远。

其实我们一路上讨论的话题，就是前面所说的内容。他是个无神论者，却对佛教有着耐不住的好奇，他的问题，集中在学佛有什么用处这上面，他同意佛教的文化价值，但并不认为其对现实人生有什么积极的作用。这个疑问是有代表性的，在十多年前的开始之时，我亦莫不如是。

有一个极厉害的佛教大德说过，佛教所有的东西，就一个意思：去烦恼！除此之外，全是多余的。我很是认同，可也是一点点地认同的，比如，在开始时的很长的一段时间里，几乎都沉迷在验证佛教的神奇功效上，那功效的确是很猛烈的，从一个深度肉食依赖者，一天之内变成素食者，又从一个拥有三十年烟龄的老烟骨，马上就可以完全断绝，这都在我身上成功检验了，其他的诸如平安发财高升等等，已经有很多人验证过，我就不试了。不过，这可不是佛教主要的东西，更严格地说，那几乎完全与佛教没有多大的关系，因为这些与去烦恼都不太搭界。

佛教可能给到你的，简直就是你完全不重视的东西，那是什么？没有烦恼是一种什么状况？其实大多数人会害怕那个状况，我也是，直到现在，我都还有些少恐惧，害怕自己一不小心，就到了那个状态。

彼哉彼哉，这是孔夫子说过的话，佛教也经常说这个，那是一种相当高迈的超越，我现在虽然还残留着一丁点的恐惧，可也明白那终究是我最想要去的地方，就只好一边慢腾腾地走着，一边想方设法去消除那个恐惧了，下面这首诗，可以证明我是这样的：

白云舒万笏，碧嶂踞孤禽。
萧寺半居岙，缁流悉入林。
秋溟宜食气，性逸合登临。
空落虽空静，侧寒已感侵。
听风翻旧叶，弱步忘崟嵚。
而自酬宾客，彼哉梁父吟。

【五排】

9

孤雨

雨本身不存在孤独，可人在雨中，可以感觉到孤独，下面的这首浣溪沙，写的就是这种情形，带着一种骨感的孤独，在看着这个世界，而此时的世界，可能正狂欢着：

最是清宵好梦风，平明孤雨带鸣鸿，云山碧落一玄空。

柳饮烟湖萍水错，天垂霁月昔曾同，而今景况各西东。【浣溪沙】

整个清宵都做着风情旖旎的梦，到了天亮，微雨中听着归鸿的鸣响，才知道自己是多么的孤独，这个感觉，让天地都一时清空而无所依凭。到了白天，在湖边的漫步，看到浮萍在无边无际的水面上，不知要漂至何时何地，直到霁月升华，才又想到，大家看到的是同一个月亮，而眼下的一切，早已物是我非，都远去矣！

今晚我看了日本的那部著名影片《入殓师》，看至小林在给浴室老板娘老太太做入殓的过程时，竟然泣不成声，不能自已，也许是母亲刚去世不久，我也经历了那样相似的入殓过程，所以引发了悲伤，不过我心里明白，可能还有更为隐远的原因。

在人的所有孤独里，死亡是那种最深幽、最不为人所知的一种，而入殓师对死者的恭虔对待，使这个孤独，得以惊诧之美的方式瞬间呈现，这足以让了知者凛然失措。何谓了知？电影以火化师之口道出：死亡只是一扇门，走过了这一道门之后的世界，我们完全不了解。

这孤独，让所有活着的人，都无能领受，那种独享，那种专美！非你我所能面对。

而若能站在这孤美之巅峰，去回望那些琐碎轻浅的人间离合，其实可以失笑一阵，因为，我们根本无法领略半点孤独之妙美，而是通通被告知，孤独是可怕的，是要远离的，甚至是可耻的，这很可怜。

总而言之，被孤独，那将会明确地在你的人生之旅的许多时刻中出现，或失宠，或失恋，或失志，或失柄，其实是好事来了，因为孤独之美你将有机会去领受，错失了这些机会，就只好等到你翘脚的那一天了，那可是惊世之美啊！可是我极之怀疑你能否开心地去接受美，因为，你连失恋都能视之为苦，若那样，死了，也是白死。

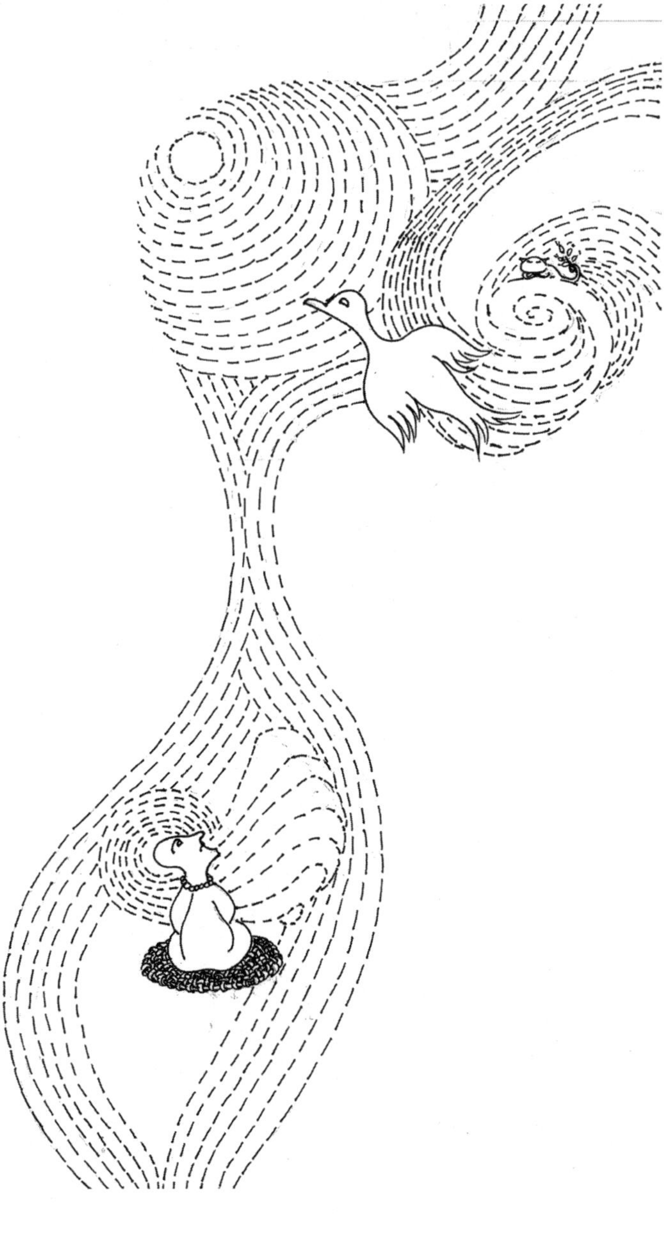

10

流盼

有报道说，某著名钢琴家，年轻时每天练琴11个小时，到了老年，还能坚持每天6小时，天天如此竟无一天间断，我真是感叹啊！世间事尚能有如此精神，若是个修行人，那还得了！是的，我问了自己，也问了周围我认为很精进的那部分人，他们都只有叹服。可这一感叹，是有两个面的，一是自叹不如，二是叹他不值！

这个世界的精彩，是层出不穷的，是具有无可抵挡的诱惑力的，往往是最高的，甚至于是全部。于是乎，我们就看到了种种超乎想象的努力，悬梁刺股，宵衣旰食，日以继夜，有死无二。为何要这样？因为就应该这样，只应该这样，还有别的可能吗？

当然有，可那种可能，很小众，很孤僻，是个窄门，是个空无。哪怕是一个老修行人，他也不见得同意这个可能，他接受世间的精彩，要多于接纳那个空无，或者嘴巴天天给人讲空无的无价，可心底里始终藏着那个不能为人知的秘密——就是不理会那个空无。

有一个大修行人，他有无数的弟子，有一天晚上，他给他最亲近的几百个弟子讲法，讲完之后，他说他要去一个你们暂时都无法到达的地方，而永远不再回来了，但在今晚，你们离我最近，修得最好，所以给你们一个机会，现在，只要你们中的任何一个人，愿意来到我面前，拉着我的手，我就保证带你一起离去。结果，几百弟子全部吓跑，一个不剩。

空无是很可怕的，因为那是一个绝然的无知，就像死亡很可怕一样，但死亡离空无又差得太远，故而空无的可怕程度，就更为骇人。所以，我们应该服膺那些真正的勇者，他们正一刻不停地往那个空无狂奔。我曾问过这样的一个勇者，我说我很有钱，我想出个价钱，买你的一点空无，哪怕是亿万分之一，我也想买，你要多少钱？给三千亿，美元，欧元也行，可以吗？他笑笑，说，你去问空无吧，我这里无价。

不过，我还是折服那个钢琴家的，因为我还能写出以下这首五律那样的诗，说明我们还是同一个频道的，我们对世界精彩的精确描绘，是一致的，不单如此，我们还能抒发，我们还有那个抒发的心，因为这个心的另一个面，可能就离那个空无很近，所以，您的努力，虽然不太值得，有点笨，但若能一转念，就其价无量。所以，可以与我一起，吟诗了：

今山黛色横，流盼倩由生。
霭雾升云鬓，和风抚玉莹。
翠罗摇恣态，娇语啭流莺。
如意千年结，丝丝兰蕙情。

【五律】

第三章

告别旷劫之难，走向天经

格律诗词的格律，其实并不复杂，如果你愿意了解，花一两个小时就可以完整地掌握全部规律，无非就几件事，一是平仄，二是韵脚，三是对仗。这三件事弄清楚了，所谓格律就是一件简单的事了。可是，有些一辈子玩诗词的，就是不会格律；有些人已经是国学其他方面的大家了，还是作不出一首合律的诗词；而大多数喜欢玩弄文字的人，以为格律只是凑够字数即可，反正各有原因，其实真正的原因是不以为然。

好吧，我们不管人家如何，我们一件一件来说说所谓的格律，让它们轻松地露出其真面目。所谓平仄，以现在普通话的四声标准，一二声即平声，三四声即仄声，不过作古诗词需要用古音定平仄，古音的仄声里多了一个入声，也不困难，网上去度一份《平水韵》表，里面有一个叫做入声部的，就是入声字。不过若你懂粤语、客家话或潮汕话，那就更方便，用这几种话读出来声音特别短促的字，就是入声字，如“一”、“合”、“发”等等，普通话是平声，但因为是入声字，所以按古音是仄声字。

1

兼山

前几年大学毕业三十周年，同班老同学相聚在成都，有五十多人，大家在一起吃喝游玩，弄了有三天，许多人这几十年没有见过面，而由完全的青葱少年，到几乎垂垂老矣，可以想见有多少话都是说不完的。自然，有混得好的，有不好的，好的据说在军中已至中将，不好的，好像还在打零工。身体也一样，有人已是一身毛病，可有人还在驰骋情场乐不思蜀。至于精神那部分，表面一时看不出来，可一样肯定还是差别巨大的。

人生的杂陈味，差不多都品尝够了，风浪都经过了，也都蛮拼的，无畏也无悔，由现在开始，就稳稳地住在精神的这层楼好了，别再蝇营狗苟，再如何，也难如阿堵何啦！好好去品一品这两个字：兼山，两山相重，乃“止”之意。

止从哪里开始？从心开始，就是对任何事，都不再强求了。也许不容易做到，但那是必须的，这是起点，别输在这里。

好了，以上所说，都是心灵鸡汤，下面才是真正的汤，可就怕没人愿意品了。

同学们，真相总是残酷的，不过我也不怕你们报复，因我跟你们一样，也是啥都见过了的，不怕得罪，但说出来，你会不喜欢听。那就是，我们正在走向一个死角，那里几乎一片死寂，完全没有任何好东西能让你感受到，受用不能了，自由没有了，虚荣落幕了，依靠崩塌了。而我们，有些人正在快马加鞭地向那里飞奔，而有些人，则在努力放慢脚步，甚至停住不动，让死角永远在前面很远很远，最牛的，是那些企图将那个死角完全消灭的人！他能做到吗？也许是可以的。

前几天过年，一个很年轻的朋友，不断地在微信圈子里发她到处游玩，兴高采烈的各种狂欢场景的图片，我看她发得多了，就随口跟了一句，这些天你辛苦了！没想到她马上回了一句，那是幸福！我一下子就愣住了，她的幸福可真够猛悍，可她能够慢下来认真地观想一下，这真的是幸福吗？

同学们，以你们深厚丰盛的人生阅历肯定是不会同意这小姑娘的幸福观的，可是，你的幸福观又如何呢？难道你真的也以为，你加速走向的那个死角，就是幸福？如果这样子，恐怕还不如那小姑娘。

止这个东西，不是古人随口说说而已的，那的确是人生能真正走向圆满幸福的不二法门，哪怕在那小姑娘这个年纪，止也一样是她必须要学会的智慧，要不终究与幸福不能沾边。

这就是真相，你不能马上止住，就只有进死角，如何止？别再兴高采烈，别再东张西望，别再指手画脚，别再优哉游哉，心少欲，身取静，欢向寡，愁从宽，这是幸福，且能延世。这首七律，与你共勉：

又复岭南之剑南，餐咀细故有余甘。
以经岁月诸多畏，了落胜场终不惭。
呵引诗毫厮作乐，调停茶色佢高谈。
劳生已已由阿堵，习习兼山饮岫岚。

【七律】

2

阑珊

人无绝对，有些人习气很重，五欲炽盛，一生跌跌撞撞，折腾不已，有一些人则过得非常清净，心平气和，一生无欲无求，波澜不兴。当然，这也许只是一种表象，这是两个极端的种类，而我们的绝大多数人，都处于两者之间，用一部电影的语言说，五十度灰上下。

我们并无可能选择成为什么样的人，人一生下来，这短暂一生的轨迹其实几乎都是画好了的，后面如何折腾，都很难离开轨道太远。而且，最根本的问题，并不在这里，而在于判定人生好坏这本身就是一个伪问题。也就是说，你的轨道如何，你能否超越已固有的轨道，将其弄得更为精彩更为癫狂，甚至于青史流芳，那根本就是毫无意义的一件事！

那什么才有意义呢？你内心深处的那个快乐的状态，永远保持，从不失去，这就是真正的有意义，对吧？我想应该没人反对。可是，也许你马上就会认为，内在的快乐，不依靠外在的成就根本不可能得到，因为无论如何，你都很难接受，一个要饭的比你要快乐这个悖论，这个时候的你，只会固执地停留在外面，而无暇去反观你的内心。

我们将快乐建立于外物之上，其实是一个要命的误解，不单误解，还成了一个难以消灭的惯性，然后终其一生都顺着这个惯性南辕北辙地走下去，直到生命的尽头才发现，外面的所有，再如何圆满，那时也只有全然的痛苦。

你可以倒过来试一试的，当然，你照样保持在外面的一切追逐，可从现在起，你在内心里，明白并接受这样一个道理——其实你可以直接在里面就将人生所有可能的快乐全部搞定，而根本可以不假外求。有了这个基础，你的人生便可以发生一些质变，因为方向对了。当然，要产生大用，还需要一些小小的努力，但这些努力跟之前的相比，要轻松得多，也有用得多，不过那是另外的一个问题，这里暂且打住，后面有机会说到。

今年的立春，因没有严冬在前，所以不冷，东风起了，小小的冻结一下子就没了。节气到了，该忙啥的，都去忙了，那都是外境，最不能忘记的，是在你的内心里，接受一个新春的心愿，那就是，在灿烂的春光中慢慢消隐，将外在的所有光明，全部用来照亮你的内心，是以，赠诗一首：

梅心解了东风结，岁日登临欲抱寒。
破季鞭牛虽作美，怀山秣马却成欢。

流云晏坐花腥染，寝树敷陈月露餐。
顾看孤星安所往，春灯一点在阑珊。

【七律】

3

繁鲜

“生活太复杂”、“感情太复杂”，这是一个年轻的修行者在繁鲜荟萃之地游历了一个来月里，嘴里常说的两个句子，于他而言，我们的这个主流世界，这里的人们，将太多多余的东西当作宝贝，而真正有用的却又常常忽视，在这个世界里活得都很虚幻，也很无力。

不过，我们也会有自己的态度的，与上面的那个完全截然，你知的。

我们不是许由，我们喜欢繁鲜而惬意的生活，对那些尘世高人，自当可以敬仰一下，但还是更喜爱见得到摸得着的踏实，我们早已习惯了凡世间的一切，哪怕是被哄得开心，我们也情愿精彩地轮回着，至于静默有多好，空寂有多高，好像跟我无多关系，不要找我。

下面这首七律，原名“问禅”，曾在天涯论坛里被人扁得遍体鳞伤，不是诗的境界有什么不好，而是这是一首布满地雷的诗，文辞处处雷人，让你艰不能读。我承认我的诗很装，貌似很有学问的样子，刻意地让你为难，压根就是存心跟你保持距离，但你也得承认，它并没有说错什么，外表虽然坚硬，却还是柔软在里面。

这首诗要说的，其实跟前面那个修行者的心态很接近，轮回的精彩与荒世之莽漠并无不同，我们之所以形成倾倒一边的执留，那是由于我们的欲望还很坚挺，而且还错将欲壑之填补当作人世之至乐，岂知人家，孤空一丈等无边，修行所得之妙异，难言之处就在这“复杂”上，其实岂止难言，简直只能无语。我容易吗？将只能无语的东东，居然写成了一首诗。

箕山不与语繁鲜，值遇孤踪合忘筌。
试雨催花能叩寂，听冰怯水已投渊。
九丘廓落如纤芥，万相淹通岂有年。
轮化由来儿啼止，孤空一丈等无边。

【七律】

4

大落

先读诗：

筚路惊尘携剑气，诗涛肆虐见冲容。
鸠形轶荡怀冰刃，大落如风却隐踪。
率性流觞优瀚海，纵情任运掠云峰。
长天尽处江河泯，寂湛青青或伏龙。

【七律】

这首七律，以青春之名发在中华诗词论坛，却被普遍认为与青春不太相关，原因是过于遒劲，而青春往往脆弱。其实，这首诗的原型，的确是写青春的，但却是一个男人的青春，而这个男人，又多少有点侠气，也算有才情，然后呢，他的人生也算成功，活得也极洒脱，就是有点过于自我。

我们都倾向于追求这样的人生，成功是其基调，自由洒脱则也必须，才情当然也必不可少，能来点侠气那就更爽。不过以我之浅见，这样的人生是没有的，就算这首诗的原型人物，他的确向人们展示了这种人生，很努力，也很费劲地展示，不过真实的情形几乎与所展示的没有多少关系。人往往活在虚妄之中，这是一例。

其实不独这位仁兄，我们每一个人，都是这样活着的，只是虚妄的程度各有不同罢了。除非，你是一个彻底地解构了自我的人，而且完全抛弃之，这样，你便不再虚妄。不过，这样的人很稀少，不是因为它的难度，而是你根本就不想。你会以为，这样的人生，了无乐趣，远不如虚妄来得尽兴。

这个世界本就如此，所以金庸古龙的小说会大热，而且经久不衰，因为大家都睡得很舒服，好梦难醒。

但若我们换另一个角度去解读这个世界，比如去读一部真正的史书，比如《史记》，或者《汉书》，又或者《资治通鉴》，你会发现那里面的人物故事并没有多少是可以拿来爽的，人类的历史以苦为主线在爬行，这并不骇人听闻。更直接的体验，是你就近观察周遭的人们就得了，他们真实生活的点滴，又有多少洒脱可言呢？如此，你若还愿意继续活在你虚妄的梦中，就等于装睡了。

人们常说现实很骨感，骨感这个词就很形象，穿上一件名牌再涂脂抹粉，再在言谈举止上附庸上一点风雅，你也许就能营造出美好的气场来，可这一切全需要有足够的骨力以支撑，要不然很快就会垮台，所以，里面的骨头才最紧要。

那么，里面的骨头是什么？一般以为是权与钱那些表示实力的东西，其实谬也，那些东西也需要有骨力来支撑，所以，骨头，骨感，那些核心的东西，往往是无形无影的，那是一种透脱，那是一种融入，那是一种升华，那是一种空白。

正如诗中结句所言：长天尽处江河泯，寂湛青青或伏龙。你得成为那条龙，当然，这只是一个比喻。

5

寻暇

前几天与一位刚入佛门的老友喝茶聊天，我跟他说着在藏地里的见闻，很是感叹藏人简单而真实的生活方式，比如说，每天的早餐，永远都是糌粑，那很简单，只需烧一点开水，用来冲泡糌粑粉就好。再说吃牛肉，也只是将连骨带肉的一块，放入水中煮十分钟，拿出来等温了，就用一把小刀剥着吃，没有用包括盐在内的任何佐料。听得他愣在当中，最后幽幽说道，若都那样，人类还有什么发展的动力，大家都不是要回到原始社会去了？

他如此一说，轮到我愣在当中了。似乎也很有道理啊！记得以前，有一位道友要信佛，被她老爸训斥，说信什么佛，全世界所有佛教国家，都是最落后的，说明佛教对人类的发展是一个障碍。这两种说法，都直指佛教对发展没有帮助，可问题是，发展这个东西，到底就那么重要吗？当然重要！发展就是硬道理嘛，落后就要挨打嘛，我们的脑袋装的都是这些内容，所以发展很重要。

其实人的社会，发展，那是一个本能的惯性，因为人欲需要伸张，必须让世界更丰富才可以满足。可为什么要强调？是因为要对比，比快。就是说，强调发展的重要，主要是强调发展要快，要不失时机，不能落后于他人他国，这是发展很重要的本义。

不过，智慧的中国古人，却是不鼓励发展的，古人认为，人的欲望不应当不加控制地放纵，因为这样做将会生出恶的结果，而且总会回到自己身上。但看看自己，看看周围，再看看世界，我们还能听得进那些古人的言说吗？不行了，世界发展的脚步能慢下来吗？不行了，因为，人欲的发展几乎就是一条不归路，只能硬着头皮走下去了，大家一路狂奔，比快斗狠。

在这种无法停止的发展状态中，佛教的确是一种置身事外的另类，会发出不太和谐的声音，但也不会去妨碍这些难看的发展，因为，佛教了解这是人类的惯性使然，没有什么救世主可以停止得了，发展之事，也会自生自灭。有一部科幻片，说的就是人类灭绝之后，世界只需经历三百年，人类所有发展的痕迹，都将彻底消失，全无踪影。以此来看，在大自然面前，人类的一切所谓的发展，其实相当的小儿科。

那么，我们应该如何在这种全人类的发展大潮当中，持好心态，独善其身？难！需要智慧，甚至需要大智慧。

回到前面说到的藏人简洁的生活方式，以我所知，他们的确具有某些与我们不同的禀赋，故而在面对现代生活的繁复庞杂，其取舍会有所不同，更习惯于从单调简朴中得到快乐，而我们，生活在五光十色中的大都市的游魂们，要守住单纯，真心为难！我亦如是，可也只好暂且寄存于此了，诗有云：

酥雨潇潇，波涛进退，江城风织画楼。昨夜飞花漉，片片温柔。归瓣和泥入梦，魂黯咏、枉发芳愁。觅无影，香纯故如，绮梦尘浮。

悠悠，寻暇岁月，听雨打风吹，恰意绸缪。况月移湖海，日上荒丘。烟水空花销尽，全都舍、不废风流。余辉里，红尘老儿，且寄南洲。【凤凰台上忆吹箫】

6

虚域

近日里柴静女士独自出资百万拍摄的一部关于北京雾霾的视频《穹天之下》造成了极大的反响，应该说，是要有人站出来说这个事了，因为这雾霾已不独北京，而是几乎国内的大城市都一样有，那的确是个超大的问题。空气差会引发什么，我想大家都明白，一定不会是什么好东西，可到底会具体引发的东西，并不一定都清楚。

另一方面，有人却引用了一套统计数字，说，中国癌症发病率前十名：第一，青海；第二，宁夏；第三，甘肃；第四，江苏；第五，上海；第六，浙江……而污染最严重的河北，却排在第17名，北京则远在第23名。北京居然是我国癌症发病率最低的地区之一。又从全球来看，癌症发病率最高的地区：第一，丹麦；第二，爱尔兰；第三，澳大利亚；第四，新西兰；后面是比利时、法国、美国。由此能说明，柴静因女儿一出生就患癌症而拍了这个视频，的确是有点儿矫情。

如此比对，你作何想？大概会陷入一时的混乱。其实这样的比对并没有什么实质性意义，正如吸烟很坏，可引发肺癌的往往不是吸烟。还有，吃素很好，可有些百岁老人却一生嗜肉如命。但一个国家整天被不知何所来的雾霾包围着，总不是个事，如何清理，如何才能回复朗朗晴天？这的确是大家一致的诉求，从这一角度看，柴静所做当然是具有相当大意义的事。

可是，我们还是需要弄清事情的来龙去脉，只是不知能否做到？应该说已很难，或者说根本不可能，原因在于，我们不相信因果，而只相信逻辑，因为因果需要穿越三世，逻辑则只是眼见为实，推之能通而已，这便是我们的为难之处。已经习惯于执着于现象，执着于用现象去交换现象，用现象去推导现象，而全然不顾现象的背后，有一条看不见的线，与隐身旷劫的因果紧紧相连。

雾霾已成汪洋，朗晴不复平常，何以如之？实已非人力所能，只能向苍天启请，让轮回之轮快点前行，兴许于未来，或者某处，那里的天空是一直晴明的——等于什么也没说。罢了，吟诗：

孤星云客，任风流去，且对空寂。怅逝水无迹，非关岁月，初心难值。一夜西风入梦，遍虚域阡陌。起秉烛、庭院幽窗，泻影如流月如帛。

清凉处境缘何觅，雨霖铃、夏里尽飘碧。浇季本无事，周万物，只看今夕。与日和光同止，闲安浊浪洼国。却教汝、身在心离，不见江山易。【雨霖铃】

7

天经

于人而言，恐惧之最，非死莫属！有不同意的吗？以前在我常去的一个论坛，有一个自许证悟的家伙，曾公开宣言已破生死关，不再怕死。然后，我看不惯了，小声问他，听说您不怕死了，我想向您学习，今晚我想陪您，到市医院的太平间睡一晚，您不会不同意吧？结果，他就马上消失了，从此不再在这个论坛现身。

很多人可能都像上面那位仁兄一样，真的以为自己是不怕死的，但当真要去面对死亡时，隐藏在他心灵极深处的恐惧就会引发，他才明白了何为恐惧之最，这是另一种证悟？

但是，有一位公认的大德却说，有一个东西比死亡更可怕，你知道是什么吗？那就是“生”！你又被生下来了，所有的游戏又被重新开启！

你可能还没有反应过来，或者你根本没有反应，就像那位宣布不怕死的家伙突然怕了一样，貌似你是不惧怕生的，但终有一日你会反应过来，那时再怕，就来不及了。这是一个真正的秘密，道理其实不用多说，正像你现在正快乐着，你暂时会以为这快乐会一直如此，永远不变，但是，这会是真的吗？我想你不会如此任性与天真的。

人生的快乐只是切片，而痛苦则是聚集，许多人想以死来了结生的痛苦，所以选择自杀，他肯定不想再转生为人，因为他知道那个秘密——生才是真正的痛苦。不过，这只是一个平凡的秘密，更深入的秘密是，苦才是快乐的源头，因而生也是得到永远快乐的唯一的门，因为生，你就有了告别的机会，向痛苦告别，向死亡告别，由此从有限进入到无限。

有一部经典电影，《海上钢琴师》，里面有一个情节是这样的，在雷蒙说了有限与无限的不同，钢琴键与纵横交织的街道的不同之后，麦克斯哭了。哪怕跟随着这艘废船一起被粉碎而沉入海底，雷蒙也不愿意离开这跟他与生俱来的大船，生于此，长于此，也将没于此，这是他的意愿，因为他害怕在无限中失去有限的自我，而更愿意将有限的自我，死于无限，当然，他认为死等同于无限。

人生的痛苦，是复杂多面而广阔深刻的，但却又是由浅入深，由近及远，由有限到无限的一条窄道，只是，你得明白，悟及，发愿，力行——这才是告别，才能够真正告别这旷劫之难，走向天经。诗云：

一顾如风遍始间，披云月下过东山。
已无妙气兼浮白，不惮高林伏啸闲。
独往皆因心向死，留行任让佢开颜。
生生物我常相拗，然则天经本这般。

【七律】

8

精粗

这是一个重要的节气，惊蛰，春之发轫就在今天，可是我们现代人对这个已是麻木了，认为时代变了，那些气节的变化，大自然的律动，跟我们关系都不大，我们有科学，有的是办法去对付这些变化。言下之意，是表明一种身份，一种主人的身份，大自然，地球，宇宙之于我们，都将只有客随主便，我们是征服者！

但是科学本身也提供过一个精确的结论，我们是否可以不经意地吃点小惊？这个结论是，地球已经有46亿岁，人类的出现，迄今只有300万年，而人类文明史，则只是区区7000年，而如果人类有一天消失了，只需经历300年，所有一切因人类的出现而产生的痕迹，都将完全彻底地从地球上消失。

因而，我们可以产生做了主人的错觉，可在那个有几十亿岁的大家伙面前，难道我们的所作所为，不就像一个任性的娃娃吗？可以随意犯错，也无损大家伙分毫，但是，损的却是我们自己。

今天与一个道友就转基因与雾霾发生了论战，他是这两样东西的支持者，这在今日全球性对转基因的质疑和对污染而产生雾霾的痛恨声浪里，居然也有公开捍卫之人，而且还是一个佛教徒，显得相当的另类。细究之下，原来都与他的职业有关，他捍卫的，根本就只是他自己个人的利益而已，而转基因与雾霾，到底对人类有什么害处，完全不是他所关心的。由此可知，人类为一己之欲在地球上的瞎折腾，已积重难返，不可停止，就只有自行其是，自食其果而已。

至于节气这种细微的季律，连雾霾都要誓言捍卫的人，该是不会理会的，更不会随节律去体味自然与人之间，那不言而喻的微妙互动的乐趣。暂离物欲世界来看世事沉浮与自然消长的对望，那种协和，这样不嫌，可以相加，能够不朽，是一种超越的心态，超越的是世间的利益格局，而能与人、动物、物种共为一体。有诗赞曰：

温风濡沫发精粗，解雨雷奔水梦无。
悄语周罗春病吊，指弹即顷候虫苏。
畏年俯仰皆虚物，绘世流迁就刃弧。
若许微身堪乘日，乃今何处不江湖。

【七律】

9

采采

到了妇女节，大家好像都很开心，不独是妇女，男人们也一样，微信上短信上，到处都是廉价的祝福语，反正都是你抄我我抄你的。虽廉价，可还说明大家都当作是一件事情来办的，没有忘记广大妇女们的存在。其实你并没有办法忘记，因为，无论你是如何孤独的一个男人，你的生活中、工作里、社交群、微信圈，都免不了要与女性打交道。

不单如此，其实这里还有一个秘密，那就是每一个男人，他心中都会有一个，或者N个女人，让他一直不能忘怀的，所以，这时应节的话，看似是对所有妇女同志们说的，其实可能只向着那几个特定的人说。

孔夫子曾说过一句让天下女人不太喜欢的话——唯小人与女子难养也，一直都以为是夫子看不起女子，其实不然，说女子难养，那是实话。俗语说了，穷养儿子富养女嘛，打小就开始费钱了，还不难养？可难养终究还是要养，而且要养得好！

我们千万不要误会了夫子，其实中国古人真的极看重女人，恨不能都当作宝贝一样供着，这是有证据的，你看看，诗经里有《硕人》，宋玉有《神女赋》，曹植有《洛神赋》，还有那首著名的《陌上桑》，都是对妇女们非常高扬的歌颂啊！你看到有这样子赞美男人的吗？

古人为什么这样看重女人，那是因为，古人早就知道，女人比男人要经历更多、更大的痛苦，而且她们对于家庭来说，又是那么的重要，所以，女人是需要得到更多的保护的。

到了现在，那就更不得了，因为现在的女人较之古人，有更多苦难，为什么？除了相夫教子，还得上班跟男人们比拼辛苦，这在古代里是没有的。所以，疼女人看来是必须的，因为，现在的男人们，太舒服了，在家里当大爷不说，有些人还让老婆养着，所以别怪人家说阴盛阳衰了。唉！不说也罢，赞美吧：

轻黄令色自天仓，玉立鸾衣绉万方。
左顾含风盈鬓影，静姿采采映云妆。

【七绝】

10 坐听

与一个十多年未谋面的朋友联系上，他已经从原来居住的地方，搬到另一处更为高档的小区去了，而我，都快二十年了，一直还住在原来的房子里不动，是不是显得有点跟不上，有点脱节？这个实话实说，是的，在而今物质世界汹涌的大潮里，你不向前，原地踏步都是后退。

这就是我们所臣服的常理，如何界定你的世间品位，那是需要外在的某些东西，确实无疑地落在实处才可以，否则，你说你境界如何的高迈，你内在拥有如何的丰富，那都白扯，自娱自乐而已。

今天给微信同学圈发了一个视频，里面有一只公鸡在一个还会转动的废旧车轮上行走，越走越快，车轮跟着转，它又不知如何下来，就只好一直走着，停不下来。有同学感觉到鸡鸡的可怜，指出，其实它往横向一跳就出来了。我就说，人都不会，你就别勉强人家一只鸡了。是的，你会吗？你现在就走在你的车轮上，而且还以为自己走得很不错，跟那只鸡一样，可你根本停不下来嘛。

我们至死都在走车轮，自得其乐，乐此不疲，还不断去追求走得更完美，那不还是欲望在作怪吗？你可是知道的，欲望永远低贱，一个人若所做的一切只是为了满足其高涨而低贱的欲望，即便是拥有再多的金钱物质，坐在更高的位置上，也丝毫掩盖不了他作为一个贱人的本色，那就是欲望的奴才。

在你无所不在的欲望里，你到底要什么？你的欲望的本质是什么？估计一般人都难以去理会，正如一只在走车轮而停不下来的鸡鸡一样，它并不了解它需要什么，但它不放弃一直走下去，那怎么办？

今天跟我老姐讨论她的日常生活了，除了跳舞，她迷上IPAD很久了，在上面看连续不断的肥皂剧，基本上也处于停不下来的状态了，走到哪里，第一时间得上WIFI，若没有那个，日子就有点难过了。话题就是这个，人走向老弱，人闲了，将如时间何？没有一个什么外在的东西扰着你，就真的会度日如年的。当然，你会有许多方案，我的那些福气好的同学们，他们去旅游，世界各地瞎乱跑，寻美食，狂购物，秀美照，这是大体的做法，我也说不出更多的，但都无一例外地停不下来，跟那只鸡，到底有多少不同，你我并不知道。

我给我姐的方案是两个，一是念经，二是打坐，很可怕是吧？真的，那是一开始。我说了，这两个事，有诸多的好处，那是对你这种日渐老迈的人最最适合的贴心小棉袄，身体好不说，关键是精神也好，心情更好！而且，这还都只是表面的好，更深入的好，更秘密的好，暂时打住不说，总之，就是好！听不听由你，能不能做，得看你命好不好，我可以帮你启蒙，后面如何，就由着你了，上诗：

迟日流丹向宝林，风花露叶系青襟。
白云黄叶涓涓语，累月经年点点心。
暮向兰灯倾孑影，朝缘古磬索纶音。
坐听残雨归还去，末季何谁与苦吟。

【七律】

第四章

人生大概，不过期期然想得到

中文的古文体裁繁多，当中有一个不易察觉的秘密，那就是它们大多是韵文，就是说都是押韵的。来到诗词，当然就更不用说了，用粤语来说，韵与魂同音，一首诗没有韵，等同于一个人没有魂，就是行尸走肉。所以，押韵在诗词里，当然是重要的，甚至是根本。

那么，何谓之押韵，如何押韵？可以很简单就明白。现在汉语以相同韵母来押韵，但古诗则一定要用平水韵来押，就是韵脚里的每一个字，都用平水韵里某一个韵部的字，这就是押韵。那么，韵脚在哪里，在格律诗里，双数句的末字便是韵脚，有些诗首句也押韵，所以首句末字也可以是韵脚。至于词如何押韵，那更简单，填词用填谱，词谱里每一个字的平仄，韵脚全都标好了，按照它来填就行，所以叫做填词嘛。

1

毫素

某著名学者，自从上了央视百家讲坛，一炮打红之后，以后多年来一直被人诟病不已。看着她活得越来越缩头，真心不忍，遂找了些她的东西来看，发现，她并非讲得不好，道理还是清楚的，可能只是不太严谨，也有点为某些大道理背书的味道，当然太出名也是一个很大的缘由了，可我感觉，她之所以如此令多多的人生厌，是因为，她所讲的与所作为的，可能背离得太厉害，以至于慢慢成了一个挂羊头卖狗肉的典型。

果真如此，她可真是个冤大头，因为，文人无行，那是本色，只怕那些激烈拍击她的人们，可能比她都要糟糕还不一定呢！为什么倒霉的偏偏是她？只能解释为她流年不利了。

知识与学问会带来性情的提升，可性情又是什么呢？到了这里学者们就开始忽悠了，千百年来都是如此，慢慢地我们的脑袋就被洗成这样了——性情即高尚，高尚即一切都是好的高的，包括道德与情操，然后就习惯性地以为，有了学问与知识，自然就成了一个远离低级趣味的人，到那时，我们就会开始要求那些没文化的人们建立道德档案了。

我想，在有相当智慧的人眼里，多大的学问其实都很小儿科，因为你根本做不到学问里面不夹杂着你的欲望，而只要一有了这个夹杂，那就一下子低了下去，无论你的学问有多高。这是一个正常的判断，更进一步的判断是，有了学问撑腰的欲望，会来得更为任性，远比贩夫走卒难弄。

史上文人无行的例子太多就不用絮叨了，而当代里这种事情也相当的鲜活，我们可爱的文化人，以他们无比的机智和多才的思辨，反复无度地演绎着一切无底限的可耻，但却始终教育不了我们，令我们可以清醒一点以给他们一个准确无误的定位，为什么呢？用句正流行的话来说，就是我们常常不记得吃药。

我能写一手古奥的诗词，还常常捧着一本《汉书》之类的书貌似在读，所以也算是一文化人，先声明，这不是抬自己，但也没有给自己挖坑，只是实事求是地讲事实摆道理。因我很明白，有了知识，多了学问，性情高了，其实并不必然要堕落，堕落的，是坚固地执着有了、多了、高了的那些人，可是，你若能做到完全不执着，却又是不太可能的。如此说来，文人的堕落，几乎就是个定数？当然也未必，可真的相当危险！

曾给一位文人老友赋过一首七律，略含讥讽，其实更多的是自嘲，求哂：

老汤洽友茶烟歇，散石沉钱致适闲。
慢物熏人因寄远，呵花斗草忘希颜。
胸襟锦绣开天手，大块幽冥润玉关。
梦蟹无须毫素侍，带然若雾半居山。

【七律】

2

尘听

老子说过，大象无形，大音稀声，所谓尘听，就是稀声之外的那些声。古人将音声是区分开来的，声是能听到的，音则不一定能听，却是声之源，所以，大音，那是所有声之源头，凡耳不逮啊！以此推之，可及大象。

老子的道德经往往重无而非有，其实道理并不那么玄之又玄，只是一种舍末近本的取向而已，所谓无即是一切的源头，有从中生，就像一张白纸，上面画了东西，可懂家却只看留白的部分，那才是功力所在。所以，孔夫子也说，绘事后素，一切美妙图画的前提，是一张纯白的纸，此理相通。推及人事，孔夫子也一样主张先行孝悌，后始学文。

不要以为这些道理只是适合古人的玩儿，真理全都是穿越时空的，来到现今，在我们的日常行止中，都悬挂着这些道理，只是我们不一定有机会去仰望。举例说明，乔布斯完全不会电脑，可他却是史前史后都将是第一的电脑大王，老乔真是一个留白大家啊！还有，对小孩的培养教育，真正有用的，是家长教师无言无为的那部分，那是他日后成为珍品或者奇葩的关要。而在一群人中，厚重者最有力，所谓厚重，其实那是一种无，那种无，往往就是这一群人的品质里所欠缺部分的完全补充，那是最难以发现的，但又是人人几乎都可以感觉到的部分。

是的，真正珍贵、久长、有用、正向的东西，都指向于无，可是人这样的动物，来到末世，缘于欲壑，正在快速滑向舍本逐末的深阱，我们几乎无可幸免，可那又如何呢？要完全舍去外在的声光十色，我们不干，可我们也了解，它们终将会消隐，而不会留下一丝痕迹，死拽着那荣光的尾巴，并无好事，我们可以有另外的选择，那就是我前面所说的，念经，打坐。

将心抟入深内，离形去欲，可这条路上一直有一个贼你要面对，那就是私我，不拿下此贼，就不可以得一山之青，所以，你得念经，打坐，天天擒贼，夺形去听，直至于无，那是源头，那是无限。好了，往下说不了了，用诗来曰：

跌坐绝尘听，抟心托槁形。
千年图一贼，咫尺抱山青。

【五绝】

3 师心

今日之师与昔日之师已不是一个概念，不同之处，明显的是今日只重言教，而过去更重身教。更深一层的不同，是真正的师道不只是教，而是照，一盏射破你人生长路上所有暗冥的强灯，如霁月当空，毫光所及，穿雾透霾，遍晒光明。

说得如此正儿八经，是不是有点吓人？其实一点也不！且不说现下经常见诸报道的中小学教师猥亵强暴小女生这样的事，就说我身边那些正规师范院校毕业后成为正式教师的，还有江湖派的培训教师，他们从所学到所教，全是知识与技能，而与身教有关的东西，哪怕毫厘，也没曾在他们身上看到，因为根本就不需要。所以，那些可怕的事情，几乎可以说，没有理由不发生。

身教已近绝响，哪有明灯呢？当然就成罕异了，因为能照，意味着有光，这种人是人中龙凤，类群翘楚，端的是可遇不可求！因而，古人历有尊师之风，那是有当然之理的，能身教已是贤品，可照亮则近圣明，岂能不尊？一日为师，终身为父，不是格式化式的灌书机可以堪任的。

由是，得一明师，确非易事，尤其是而今之下，世相溷昧，人事昏微，要慧目识真本已极难，而难上加难的，却是难有此心，一颗觅师之心。缘何有此一说？因为时势非此为大，逐货之世，要的是手利，更不用心明。

年前中秋，一位难得的道友要给其师尊写一段感恩语，又捉急于手笔不灵，求助于我，我问你想说什么？他还是相当明理的，说心的幽暗，已能受师之光明，这是天大的福报，而心暗全明，更是至愿。我说正好，趁着中秋月明之机，向师尊祈求光明，正合于时。以下七绝即鄙人代作，其实亦同我心。

秋江霁月照如临，当得清辉遍乃今。
毫光何若师心暖，指待师心见我心。

【七绝】

4

尘嚣

有一部法国电影，叫做《Force Majeure》，翻译成《不可抗力》，说的是一家四口（夫妇两人加一儿一女）到一个雪山顶上去滑雪旅游，影片开始不久，就发生了一件颇为耐人寻味的事。

他们一家在山顶宾馆的一个露天餐厅吃饭，就在山顶的悬崖边上，那时天气很好，可以看到对面高山上的积雪，风景如画。可刚刚开始吃饭，就听到对面高山上响了一声炮声，紧接着山顶最高处的积雪开始下滑，看着看着便形成了雪崩，滚雪球般地越来越大，铺天盖地就向着这边的餐厅冲了过来。这时在餐厅里的人群，从一开始的看稀奇，到意识到危险来临，全都一下子进入到下意识的无措举动中，所做一切，全是本能的反应。

我们来看一看这家人的情况，开始是儿子惊呼，与儿子坐同一边的母亲急切地搂紧儿子，父亲开始是扶着惊呆了的女儿，但后来却猛地推开她，独自一人仓皇失措地逃向门外，母亲则顺手将女儿也一并搂入怀中，并没跑开。最后，雪崩冲入两山之间的深沟里，只是给餐厅形成了一阵浓密的雪雾，一下什么也看不见而已。原来，这只是餐厅的一个整蛊节目，一场没有任何危险的虚惊。

这时，问题就来了。待雪雾慢慢消散，人们纷纷走回各自座位时，那位失魂的父亲也回来了，大家安坐好，继续开始用餐，可是，没有一个人说一句话，大家沉默着，将这一餐饭吃完。

看到这里大家心里都清楚，这一家四口，人人心中都已经打了一个结，影片后面大半部分，说的就是如何将这些结一一打开，很有意味的一部电影。

还再说一个事情。在波多黎各的国家美术馆大门口，悬挂着一幅很大的画作，画面的内容，是一个美艳的青春少女，裸着上身坐在那里，而她的旁边，却有一个老年男人正在吸吮着她的乳房。

这两件事放在一起说，我想表达的意思是，我们所看到的，而又因看到的所产生的印象，可能与真相相去甚远。前一件事，我们会很一致地认为那是一个极度自私的父亲，平时看不到，可在危急关头他就露出本色了。第二件事，我们也会一下子以为，这个国家，是一个色情泛滥的国度，连国家美术馆大门都要挂淫秽图像。

事情的真相是如何的呢？前一个故事里那个倒霉的父亲，在接下来的几天里，备受来自妻子儿女和周围人的质疑，但奇怪的是，他就是不承认自己是那样的人，甚至还反复否认发生了大家都见到的事，还说他根本就没有跑开！尽管重复着洗白自己的不肖，而人们并未有丝毫改变对他的看法，直到影片的最后，他们一家在外滑雪，遭遇了大暴雪，妻子迷路失踪，这位被认定薄情的父亲，在很清醒的情况之下，舍命涉险将妻子寻回，终于很真实地证明了自己前一次的滑铁卢，完全非自己所愿，他从本质上就是一个好父亲好丈夫。

而第二个故事，画面上的两个人，是父亲与女儿，父亲入狱被判禁食之刑，将要饿死之际，刚生完小孩的女儿来探望，看着被饿得不成人形的父亲，坦然撩开衣服将乳房让父亲吸食。

记得在七年前，广州也发生了一件惊人的事，两个韩国人与一个中国女子，深夜在酒吧喝酒，女子醉倒，被同行两韩国男子带回他们居住的地方休息，那是在市中心一个著名小区一幢高楼的二十多层上，可是第二天一早，人们发现年轻女子衣冠不整地挂在该幢大楼外面约十层楼高的横梁上，已死去多时。此事当天即有媒体报道，可以想见人们的反应是多么的怒气冲天，我也被拖进愤懑的泥潭，满怀激情写了一首一剪梅以泄愤。可是，事情的真相到底如何？此事至今仍是一谜，多年过去了，并未有一个明确的结论。也许，真相真的离我们最原始的反应很远也不一定。

世事如幻，那都是我们分辨出来的，我们看到的，感受到的，还有真相，其实全都只是一时一地之分辨，我们就生活在这错综复杂的森林之中，一望无尽地在各自演绎着每个人的独特的分辨，你对我错，我对你错，最终却发现，当尘嚣消声，尘埃落定，剩下的，只是我们每一个人心头里一团紧缠着的麻绳，而且，却无从得到解开之法，这就是世相之常态，我们每一个人，都无能幸免。

今天将那首激愤的一剪梅列出，大家可以鄙视一下：

一瓣天香黯殒消，魄散尘嚣，魂付云桥。空潭静尽万丛凋，乃昔娆娆，弥永寥寥。

堪奈孤枝本瑛瑶，犹自多娇，翻却横夭。无常饕戾贯夷獠，漫我天朝，恶业谁销。【一剪梅】

5

凋年

前几天外出，将车停在树阴之下等朋友，我把车窗都摇下了，想透透气，谁知一阵风刮起，满天的落叶飞下，钻入车里，窗口关都关不赢啊！转眼间冬去春来，急景流年，看着前面自己的身影在飘忽的落叶中安然伫止，内里一时有一点兴奋，正像世事周流于身前身后，而能时时将心念安止于目下，那需要有一种不一般的能量，我有吗？我且没有，但我期待。

人生岁月，总会有被卡住的时候，就像一头猛兽被一条小绳套住了脖子，动弹不得，诸如没钱、失恋、不顺、不成等等，就是那条小绳子。这个时候我们的反应通常只有一种：苦闷，其实差矣。我相信人人都有过类似的时刻，可回首往事，那些当时卡住我们的小绳儿，往往早已都如轻烟般消散得无踪无影了。所以，当其时，你完全可以换另一种心态活着，而不只是苦闷，若如此，你有真能量。

人生也好，家庭也好，一切社会机构也好，其实都不可能走向完美的，原因是人这种动物，本身就有着天生的残缺，除非你懂得超越，若不能，都只能以苦悲作为结局。

其实每个人都是空性的，所谓空性，就是没有自性，所谓没有自性，就是他永远不固定地只有一个特性，换言之，他具备任何你能想象得到的特性，而且，重中之重，是他所让你感受到的特性，是由于你的赋予！我想说的是，当有个人让你讨厌了，你必须内心清明地了知，那是你的问题，与他无关！世事也是一样的，那些令你沮丧也好令你兴奋也好的那些事，它本身也空性，你从它那里得到的，都是你想要的。

昨天与一老友吃饭，谈及男女之事，他说他之所以维持着一个不如意的婚姻，居然只有一个理由，就是怕孤独！他可以不要感情，不要性，但孤独会杀了他，所以他必须要有老婆孩子。啊！能听到这样的真话真心令我惊奇，我常常说起的这个孤独，原来会这样在人世间出现。

我有说过，一个人最美妙的时光是纯粹的孤独，关闭所有与外界联系的通道，没人来找你，你也不找任何人，与空寂为友，与书为友，形单影只，这种时间越长，你的心的品质就会越纯净。今天还看到网上有一个观点，说一个人应该经常保持着饿的状态，科学已证明，饥饿状态下人会产生一种能量，这种能量可以消除身体所有的病患——这跟孤独的妙处真是异曲同工啊！

说了许多好像不太相关的话题，其实都指向一个地方，那就是，我们与世上万事万物一起，随时光飞逝着，不管我们从中得到什么，是什么样的状况与心情，其实并不太重要，可什么才是真正重要的呢？超越！对这些好好坏坏、忧忧喜喜、上上下下、高高低低的，在内里超越它们，如此，你的天空，将永远都保持着鲜活。送上一首优雅的小诗：

一夜北风积返，几分老叶凋年。
春来细碎娇嫩，越发张天碧鲜。

【六绝】

6

无有

有与无，是我们常常遇到的两个字，先不说有，无是什么？我想无人不懂，是吗？其实不一定。大多数人的无，会理解为什么都没有，可当我们在讨论有与无之时，这个无，却偏偏就不是那个“什么都没有”！而是“什么都可能有”，或者“什么都可以有”，总之，比之于有，它要大得多，是一种大有。

尽管许多古往今来的圣人们经常讨论过这个无，可它却不尽然是个哲学问题，相反它是一个现实的问题，跟我们的生活密切相关的问题，只是，我们常常忽略它，而只专注于有而已。是啊！我们的世界，明明就是有的世界嘛，山川大地，风花雪月，朝代轮替，鸡毛蒜皮，全都实实在在地伸手可及，思之能达，那无在哪里呢？

对于这个无，印度人在一万多年前就开始关注，那时的圣人们就已开始训练他们的弟子，如何从有进入到无，由二元的世界进入到合一的世界，他们相当了解无是个什么东西。而我华夏的祖宗们其实也不落伍，古老的道德经就不厌其烦地宣讲无为。只是，现今的我们，在有的世界里迷失得太久太久，以至于，根本就忘记了有生于无，无才是所有有的本源。

如此说来，无很重要，却好像又玄之又玄，其实没有，无很容易理解的，你看不到的，你摸不到的，你闻不到的，你想不到的，你感受不到的，就是无，总之，无就是你完全捉摸不到的世界的那部分，想象一下？可能无法想象，但你会同意，它相当大，可能是个无限大，对吧？是的，那是一个“潜在的无限可能性”，这就是无！

这个无跟你有什么关系？你说呢？想象一下你自小到大，你有的东西是不是在一路慢慢增加？所增加的那些，从哪里来的？无！到了现在，你还在想要增加很多很多，它们又从哪里来？无！可如果你今天没听我说，你会一直以为，你所想要的，都从有中来，而从来没有意识到，它们只能从无中生。

我相信你开始慢慢明白，无有多重要，你也会理解，为什么印度人在一万年之前就开始注重无的原因了。因为，当你真的明白，并懂得从无里去索取到你想要的有时，其实你已经超越了你自己曾经的所有，当然，也超越了你周围的大多数人。我想，你不会拒绝去了解无了。

现在，你该明白老子为啥总爱说无为了，那些以为无为就是什么都不做的，该是多么浅薄对吧？无为就是从无中去取得你所要的有，可是，那需要功夫，什么功夫？进入无的功夫。当你练就了轻易就进入无的功夫，你所做的一切，就成了无为而为了，那是老子的境界，要到达这个境界，你懂的，需要修炼！

可是我们也不一定非要修炼才能得到无的好处的，当你理解以上所说的无，然后接受它，其实你就已经开始慢慢得到无的好处了，而且随着你理解的深入，再加上你时常对它的思考，好处定然会越来越多的。

比如说，你没有钱，那会很苦恼，若想尽千方百计，再加倍地付出心血与汗水，还是一无所获，那苦恼就更大了，然后最终不但挣不到钱，还将老本全都输光，那你就可能去跳楼了。但你现在了解了无，知道了在有的世界里，你所短缺的一切，都在无的世界里好好存放着哟，只是你一时还没有办法去兑现出来而已。哪怕只是想到这一层，你也不会去选择跳楼啦，这就是好处。

前几天，我拿出一道题去为难一个年轻人，那是一道表面平常，却实在很难的题，我们来看看题目：

"如果现在接到上司的电话要求明天加班，怎么回复他才能显得并不是在找借口不想去？"

这道题不是我出的，它最先出现在微博上，回答的有数千人，可就是没有人能圆满回答，而且，百度上也找不到正确的答案。那位年轻人想爆了脑袋就是没能得到正确的答案。我也看了网上几十上百的人的回答，他们有着一个共同的特点，就是在有的层面去想法子，对离开有，普遍地存在着下意识的恐惧。

当然，今天要你回答，相信你懂的，是吗？当你了解了无，接受了无，这个问题对你而言，就相当简单了，是不是？

好了不说了，看诗吧：

天地森罗实本空，人心致密怕孤穷。
梦依庄蝶年年好，醉里春花处处红。
海隔西东交紫气，林归鸾凤合鸣风。
纤尘不染窥虚境，大有无言贯古终。

【七律】

7

春分

每年的春分，按理说在广州都是爽朗的，可今年却是没完没了的回南天，简直给湿苦啦。我住在四楼，是个当阳的房子，虽也一面朝着北，但毕竟刮的是东风呀，没道理这个时候还要盖六斤的被子让北方朋友们笑话的，可这一切还是发生了。

据说写诗的人对节候的迁变较为敏感，在这冷热干湿交替之时都会留下一堆的文字，我还算好吧，往往偷懒，以绝句代了，省事多了。古人常说，春愁春归，我的遣怀之法，更无有它。可这一首字数甚少的绝句，也会勾出许多多余的遐思，其实更麻烦，因为，心思其实是需要清理的，若不，那就会积留，终会转成无端烦忧，所以还是多写一点吧。

上月春分那一天，我去了一趟台中，主要是看望我那个以孤独老男神称之的老舅，他就是我上一本书那里《骨头》的主角，孤身一人在台湾滞留了超过半个世纪，今年八十多了，可还相当有体力，陪我北上南下地游了半个台湾省。凡从大陆这边去过台湾的人，都对台湾的舒服交口称赞，台湾的确是一个极正常的社会，适合有华人DNA的人生存，去了就不想回的，大有人在！

待了十天，回来后我的一位老师问我感观，我却说了一通对台湾不太客气的话，说台湾表面舒适，其实内里无聊，为啥？看他们的电视节目，你就了解什么叫做魔窟，台湾的电视业极为发达自由，节目简直无所不能，可以将绝大部分闲人锁定，然后耗尽你所有珍贵的时光。当然，这样说有点夸张，其实这不独是台湾的问题，人的本质就是无聊的，哪怕你表现得非常繁忙地打拼事业，也排除不了那个无聊的本质。

扯得有点儿远了，那是对人的穷折腾的不忍之叹，不是吗，前些天还遇到了一个旧友，都快奔六的人了，还在兴致勃勃要在云计算上搞创业，被我一顿冷嘲热讽，可人家反以为我不求上进，如此下去，将会被时代所淘汰。

不要以为我真的在拖社会的后腿，我比他更了解人的最根本诉求是什么，人生之贵，在于一人无事，大家无事，天下无事，正如孔夫子所说的：邦有道，不废。邦无道，免于刑戮。又曰：邦有道则知，邦无道则愚。其知可及也，其愚不可及也。愚不可及，何谓之？因为愚比知更有价！诗曰：

春分不意季回南，滋味于然失苦甘。
执梦如涂留壁影，千般一叹付清谈。

【七绝】

8

清明

自清明节成了公立假期，高速公路就会给免费行驶几天，然后大家一窝蜂去排队，当整条高速成了一个天大的停车场时，大家就大跳广场舞，甚至开始有人放风筝了，总之，闲着也就闲着，何不弄开些动静，大家快乐一下。这就是中国人，我们擅长苦中取乐，这是外国人，尤其是西方人最看不懂的，却又不禁心有向往的地方，尽管在大多数时候，他们认为我们粗俗而缺乏教养。

清明节我们拜自家的祖宗，这是中国人的一种依稀貌似的信仰，没有哪个敢说拜祖宗是错误的，尽管我们全都受过严格的唯物辩证法的训练，可一到这时节，大家都忘记了那不堪的训练。拜祭故人，古人有欲断肠的感慨，可就今日而言，除了在某些环节偶有的肃穆，多数时间里，欢声笑语，奔跑戏闹，各种饮食，还有炮仗，总之热闹得可以，不太像是一个应该有一点悲情表现的节日。

关于清明节，其实我写过不少东西了，散文诗词杂文都有，全都是一本正经的表情，自己看了都得郁闷病，这说明我还没有得其真味，还只是抓着些皮毛而说事。你看人家外国人就厉害，他们从中都想去发现中国人最本质的东西，那是他们一直看不明的，可是，我们自己，就看得明？未必！我都不行，想必许多人也不行吧？

近来北京上海都有朋友跟我说，现在很多西方人想移民到中国来定居，他们说中国才是人待的地方，西方不是。这是何解？广州倒是有几十万的黑人兄弟来临时居住，但人家只是来做生意，而且，他们来自的地方，我们习惯地认定是比我们不如的。那西方人来，好像就不能类比了。不用我问，我那些朋友就自动说出一些原委。

其实说开了也很简单，西方的生活，比较面具化，大家都彬彬有礼，相互忍让，可这里有几分是内外一致的呢？估计因人而异了，但可以肯定，这样会造成压抑。我在上一篇里说过一句带有结论性的揣度，我的意见是，人在本质上是无聊的，而中国人，就是地球人中最敢坦然地拿出无聊来互动的族群，这对西方人来说，那真够颠覆，可又忒有滋味。

一年一度，这个可以无聊放任一下的节气过去了，淘渲之后，也会留点记忆的，就像明前茶一样，清淡平易，但有些人，每年都要惦记着，要弄些明前茶来喝，都不知道那有什么好喝的，但就是执着于这明前两字。下面这首，有点真我的风采，可请吟之：

春风带软雾衣倾，万顷飞花漱故城。
裁下愁襟听试雨，层云呼我上清明。

【七绝】

9

狷狂

我很小时候就喜欢独处，当然这是好听的说法，其实就是发呆，一大早起来，不去洗漱，而是坐在屋门口呆着不动，这事没少被我妈唠叨。还有就是喜欢独自上山砍柴，那个时候没有煤炭煤气，南方生火做饭全都靠木柴，我小学一年级就开始干这个事，家里柴火，过半是我的劳作成果。上山砍柴是个很孤独的活，想想我的天分也算是好的，还不到十岁就开始懂得享受独孤之乐了。

因此，我其实是个很谨慎小心的人，狷狂的狷，就是这样来的。

及长大，到了大学，还是这个习性，大家热热闹闹去上课，我不太习惯，喜欢在大家都昏睡了，我彻夜秉烛读书，然后功课就老跟不上，补考成了家常便饭的事，不过就这样，我也混了个硕士文凭回来了。到如今，几乎还是老样子，独自一人从拉萨驾车，走全程青藏公路，且日夜兼程，翻唐古拉山，过昆仑山，经格尔木、西宁、兰州，再回到成都，全程三四千公里，这样的事也敢干，那是狂还是狷呢？

近日网上大家都在传这一句话：“愿你早日领教过这世界深深的恶意，然后开启爱他妈谁谁的快意人生。” 作者是谁不知道，不过拿来鼓励尚未出道的小人儿好像还不错的，虽然算不上什么疏音，可在这个世界上，扯淡往往才是人生的主流，快意的人生，与疏音非亲非故，与扯淡倒是难兄难弟。

我才成年就入川，及壮又返广，由闲至忙，然后一直闲着。白云苍狗，沧海桑田，习惯了起落，经受过颠簸，游走的世事，由表及里，从内至外，见到能见的，感到能感的，慢慢地，开始想见不能见的，欲感不能感的，这个，也需要狷狂，好吧，再来一把又如何？

细雨散天香，清夏盈芳。由来湿地热如汤。少小入川今在广，看又何妨。

望岁月居常，天纵荒唐。云翻风起啸沧浪。昂藏莫须消古训，再举狷狂。【浪淘沙】

10

易难

元、亨、利、贞，吉凶、悔吝、无咎、利见大人、利有攸往、利涉大川……这是《易经》经文里常能读到的文字，但她们所表达的是什么意思？却不是轻易就可以了解的，因为在我们惯用的词汇里，很少有机会用到她们，这是典型的《易经》式文字，即便在《易经》之外的浩瀚的古籍里，这样的表达方式也不太常见。

对《易经》稍有了解的人，都说《易经》的经文太古奥，不太容易朗朗上口，不过，《易经》经文里，却也有着美如诗经的句子："鸣鹤在阴，其子和之，我有好爵，吾与尔靡之"、"憧憧往来，朋从尔思"、"其亡其亡，系于苞桑"；也有"艮其背，不获其身；行其庭，不见其人"、"龙战于野，其血玄黄”、“密云不雨，自我西郊”这样的玄之又玄的语言，更有诸如“谦谦君子”、“无妄之灾”、“虎视眈眈”、“匪夷所思”、“飞鸟遗音”等大家耳熟能详的成语。

其实，《易经》并不复杂，作为一个真正意义上的中国人，《易经》并没有你不能了解的限制性，她对你是完全开放的，只要你向着她走去，她就完全可以跟你融合成一体，因为，你的血液里，细胞里，DNA里，流淌着《易经》的元素。

更多的人，对《易经》的了解来自算命、风水等所谓的封建迷信，它们当然与《易经》的术用有密切的关系，但《易经》的应用极其深广，那只是其中很小的一部分。因为，《易经》是历代贤圣所公认的中国古代文明的群经之首，中国文化有古以来的道术华章，若溯流穷源，都会在《易经》上找到其出处，这就意味着，错过了《易经》，就很难获得传统中国最根本而正宗的道统传承，故而，要明白中国文化，最优先的下手处，就是去学习、亲近《易经》！从术到道，再自道而术，循环往复，由精微至广大，易经的大体，人人都可得而用之，这并不是忽悠的话，而是真实语。

易经的学习，应该是这样的一个过程——由精微至广大——先从教以《易经》的起卦方法入手（依据《系辞上传》），再精解六十四卦三百八十四爻的卦爻辞，如此，直接利用《易经》本经来进行重大事情预测的能力已经获得，而对卦爻辞的析解由浅入深，结合《十翼》的综论，《易经》由术而道的连接自然产生，《易经》本有的穷究人天之学问便得以窥其大体，再回过头去解读具体起用的卦爻辞，个体人生的吉凶吝悔，便很容易就得其概要。

人生大概，不过期期然想得到，易之为道，深玄难得，为术，则可以一求，如诗所言：

般般不向易推敲，只是还常问卦爻。
难免期期求一可，来兹或乃滚绯袍。

【七绝】

第五章

闷头发财，不管前路漆黑如墨

前面说了，古文的大多数题材是韵文，而古文的精华几乎都是骈体文，说到骈文，一定就是在说两个字：对仗。律诗除了讲平仄和押韵，第三个专属就是要有对仗，律诗的四个联中的中二联，规定要对仗。骈文的对仗相对简单，只是词性相对即可，律诗的对仗则更严，除了词性对，平仄也要对。

简单举个例子：落霞与孤鹜齐飞，秋水共长天一色。这是骈文的对，也叫骈偶，可以看得出只是词性相对，平仄是不对的。而如：江间波浪兼天涌，塞上风云接地阴。这是七律的对子，词性对，平仄也对。因而，格律诗中的律诗，五律也好七律也好，都有着严密的格律要求，主要是前面已讲过的三个特质（平仄、押韵、对仗），此外还有一些细节，后面将有机会提及。

1

问孝

说起孝，我们往往会以为，那是我们中国人的专利，中国之外，他们都是不懂的。史记里面就有这样的记录：壮者食肥美，老者食其余（《匈奴列传》），说的是匈奴人。再看西方人的现状，好像他们喜欢将老人送去老人院，然后自己独自去偷欢。其实谬也，如果我们将孝只是理解为对父母好一点的话，那么外国人也一样有这样的天性，注意，这是人的天性，无论什么人。有记者采访比尔·盖茨时，问他何为最急切之事，你猜人家怎么回答的：天下最不能等待的事情莫过于孝敬父母。所以说，你不能再以为孝只是中国人的事了。

可是，我们仍然可以说，孝是我们中国文化的根本，而不是其他民族文化的根本，这个论断却又是正确的。这跟前面的说法有什么区别呢？区别大着呢！

父慈子孝，本是天经地义的事，可是，我们中国的老祖宗们老早就懂得，将孝作为教化的根本，将其纳入文化大事之中，而不是随其天性而行。古老的《尚书》就有记载，《尧典》中说到：舜，瞽子，父顽，母嚚，象傲，克谐，以孝烝烝。他是以其孝而得帝位的。《诗经》里就更多：父兮生我，母兮鞠我。拊我畜我，长我育我。顾我复我，出入腹我。欲报之德，昊天罔极。《既醉》说：孝子不匮，永锡尔类。《泮水》说：靡有不孝，自求伊祜。还有，《论语》云：夫孝，德之本也，教之所由生也。《说文解字》云：孝，善事父母者。从老省，从子，子承老也。《孝经》云：夫孝，天之经也，地之义也，民之行也。

这些证据，足以说明，与众不同的中国人，早就将孝与道相接相合，所以，孝可能是大家的，但孝道，却是中国独有的。

中国古人，一向热衷于努力使灵魂得到安顿，其实就是对道的一种追求。那么，道是什么？今天的人们，为什么对这个名词十分陌生，抑或根本不屑？那是因为，我们今天的一切，几乎都被另一种东西所淹没，那就是术，换言之就是科学与技术，我们都相信，它们是可以完全解决所有问题的东西，根本就可以不假外求，而且，而今的技术成就日新月异，稍有松懈，就会被时代超越，你就可能被社会所厌弃，这时候道在何处？道与我何干？由此而言，人与道的距离越来越远，实在也是再正常不过的事，可是，这真的就是我们最应该去的方向吗？如果那样，那你可以无视道。

事实是我们马上就发现了我们的大错特错，因为我们很轻易就能了解，以这样的节奏发展下去，资源衰竭，人类也很快就会玩完。我们经常会说，要珍惜资源，要爱护大地母亲，其实相当矫情，因为，哪怕是我们年年月月专事破坏，一刻不停地做坏事，也奈何不了地球半根毛，唯一的结果，只是加速让我们从地球离开。我要说的意思是，在已经四十五亿岁的地球面前，在大自然面前，人类很渺小，科技很渺小，我们的所有成就，简直连小菜都不是。

自然尚有此大，道又如何？道只将它视为一小角而已，其实，道无可言说，其大无外，其小无内，寂然不动，从来不变，一直如此，这就是中国古人的难得之处，老早就知道了道的妙处，又一直教我们如何去行道，孝即为一例，所以，我们必须了解，何为孝道！

《孝经》里的那一句话，就将孝与道结合好了：夫孝，天之经也，地之义也，民之行也。天经地义，就是道的显现，人必须按照这个来行动，才能合于道。那么，与道合一有什么好处？享用科技带来的好处不更妙吗？当然，与道合一并不排它，你照样可以跟那些与道不合的人一样，敞开来享用现下的一切，问题是，所有科技成果的享用，没人保证你会得到快乐，也许当时是快乐的，过后也有一点快乐，但若得不到享用，可能立马就生烦恼——这是与道合一所不会产生的结果。

当你将对父母好一点，上升到道的角度去行持，也许会有一些意想不到的结果出现。现下国学热，我们经常会看到一些机构组织孩子们当众表演给父母磕头、洗脚等等，在嘲笑的声浪中很可能就有你的贡献，然后你转过身来，上街去给老爸买一瓶好酒，或者给老妈买一件罩衣，你认为那才是真正的行孝。其实，孝有层次，行有次递，那些表演并不是异类，你的购买也是只得一角。

《孝经》将孝给予划分，五种不同的人，其行孝的侧重有所不同，这说明，孝的全部，其实相当有内容，而非像我们一贯浅薄的以为。对父母好当然是最不能炫耀的底线，这个好也要分层次。有一个例子，说若你的衣服扣子掉了一个，妈妈帮你补扣子，她会补好那个掉了的以外，再将还没有掉的其余，全部用线都加固一次，反观一下，你的孝行，有这样的层次吗？

可是哪怕你将这个好做到极致，也还是未得孝之根本，因为那只是孝的表层含义，她的内在含义是什么？为己之好！也是孝的第二层含义，也是内在的含义。就是说，孝，实非只是父母之需，而最大可能是我们自己之需，因为，行孝本身，其实只是一种训练，当然你可以理解为修行。对父母的爱是天性，通过有意识而反复无限地去爱，你会形成一种爱他人的本能，它会延伸到你人生的所有场景和时刻。如果这样，当可以想象，孝将会给你带来的回报，是无可限量的。

中国古老的《易经》里，并没有明确提出孝，可是在第15卦，谦卦所讲的，就是孝的内在真义。另一部古老的经典《道德经》，好像也没有孝这个字出现，但通篇在讲水之至善，其实都与孝义相关。孝之爱敬，出自于我轻他重的取舍，这是行孝的根本，经由小我的减法而达至大我的加法，那是古老中国的成功学，这是一种道而非术，而个人的行持，若能得到如此的结果，那才是孝道的终极。

明白了孝有这样的含义，相信你会以活泼的心来看待她了，因为这纯粹就是一个你好我也好的妙事，何难之有？我们就从自己的天性开始就可以了，先对父母好，然后，对兄弟姐妹好，对亲戚朋友好，对同事客人好，最后，对一切人好。你也可以暂且不信，可这样做的结果，的确会让大家好，你也跟着一起好，这并无坏处，值得一试。

近日，有好友为她老爸生日，想献诗一首，无奈手拙脑笨，央我代之，感其孝心，虽只是一角，亦可赞也。她的老爸年近古稀，属虎，身轻步健，兼有饭量，好玩麻将，急诌五言一首，以表其赞爹之意：

都说有古稀，可见世人痴。
吾叔饭论斗，虎嗅满城池。

【五绝】

2

呢哝

有朋友开网店，刚开始生意不好，很是焦虑，白天痛苦，晚上失眠，问我如何是好。我不是生意人，根本不懂方法，可她肯定是想求得一个马上见效的法子，以解目下之困。我给她说，生意的事，其实完全靠福报，但往往我们以为靠的是聪明才干，同样的努力，越聪明越能挣到钱，这样的认定从一开始就是错的。你能做的，只是努力去顺势而为，然后安然洽意地去迎接那个未知的结果，仅此而已。得此一言，她说可以安心了。

生活里，这样的难题与烦恼其实随处可见，有人被困住，有人则不会。得失的结果也常常跟烦恼同在，哪怕是暂时的好，也难以消除长久的担忧，如此种种，看似轻微，可一旦身陷其中，很可能就苦不堪言。

昨天在一个微信平台作分享，有人问我，孔夫子说，以直报怨是何意？一般的解释，是以公平的态度去对待别人对你的抱怨，甚至应该去指出对方错误之处，其实这肯定不是夫子的本怀，因为如果这样的话，那个抱怨马上就会升级，难道夫子唯恐天下不乱？肯定不会，直的意思很广，可在这里，就只有一个意思：接受！对待抱怨，最有智慧的态度就是接受。

世俗生活里，接受是一种不小的智慧，烦恼痛苦等，几乎源自于不能接受，修得接受，那的确是去烦解忧之妙法。可是你会转换另一个角度，而认为盲目接受是没有原则，而没有原则的人生是失败的人生——你一下就将问题搞大了。

关于人生何以为成功何以为失败这种问题，已经变得相当奇葩而难以定义，有钱有权有闲有功，远不能马上让人认定为成功，为什么会这样？因为现在的人们，已经看得太多如此这类的珍稀动物的惨痛遭遇，并不能许人之好，所以也只顾得眼前的一时之快，其他的，就能糊涂则糊涂了，因为太复杂，不容易想明白，就是一时明白，也不能保证一直明白。

好吧，我承认我想多了。我们大多数人都处在一个浅层的人生里，面对的都是浅层的人生问题，所以只顾得着折腾浅层的琐事，然后去面对浅层的烦恼，因而，痛苦其实也是浅层的，随便问一问，有答案好，没有也行，其实都不重要，我只是想得到一个浅层的法子，去糊弄一下那些浅层的问题，那么，去学会接受吧，这是一个开始，一切高大上，都从这里开始，我们一起上，送余词一首，以励你我之志：

夜雨呢哝更几回，意曾落寞念曾灰。心知若是春涛熟，恁时莫由百事非。

情若箭，恨交摧，牧心千劫怨成追。骊歌唱动天涯角，萦梦聊啾烟客来。【鹧鸪天】

3

安顿

昨天有网络报道，成都一个开车男，将一个开车女截停暴打，致人骨折加脑震荡，起因只是那个倒霉的女人转线爬头超了他的车。这种暴怒极可怕，因为那时的你，是被一种所不认识的东西控制着，所做的一切全都不是你在做，但结果却是你完全要承担的。

我想每个人都有可能遇到过暴怒的临界点，明智的人，应该及时刹车，不要让那个你不认得的东西得逞。

另一种难以控制的东西是贪心，你看江湖总流传着的一些极为弱智的骗局，都多少年了，还是有人不断陷入局中，那就是因为当时的他根本就不是他。

最后一个我们不察的陷阱是愚蠢。记得小时候我们那里通了铁路，大家对这个东西都很好奇，有一天几个农村人围着铁轨在议论着，其中有一个人大胆推测，两条铁轨中有一条是来时用的，另一条是去时用的，大家不相信，这个人却高度自信，居然打起赌来，这时远处火车开来了，他就站在左边的铁轨上，说火车一定是从右边去，回来才走左边，然后，他就这样送了命。

这种程度的愚蠢，我想大家不太容易犯了，但是有一种愚痴却几乎人人都在犯，那就是坚信某些东西是永远不变的，然后用一生的时间去追求永恒，这种愚痴难以觉察，却是最让人陷入痛苦深渊的东西。

孔夫子说过这样的话：言必信，行必果，硁硁然小人哉。他的后继者孟子也这样说：大人者，言不必信，行不必果，惟义所在。意思就是凡事都是变化的，只有小人才会相信那些不变不渝的东东，君子的取舍，合宜而已，就是顺应时世而做他所能为之事。

以上所说到的三样东西，都是由于我们过分地执着而产生，执着于我是对的，执着于我要得到更多，执着于我要得到安全，其实就是要将我，安顿得好好的，分毫不能有差池。只不过，我们的安顿之处出了问题，我们将那些完全靠不住的认为靠得住，而真正靠得住的，又不知所以，故无从下手。

哪乍办？求安顿！还是先听我唱一曲鹧鸪天吧，那些重的沉的，暂且先放一边：

一昔芳庭半落红，疏帘曳动袖含风。千丝暗缕纷纷起，几盏浊醪滴滴空。

烟幂幂，雾朦朦，苍山举目化幽衷。春风安顿谁先醉，瑞日当天照水东。【鹧鸪天】

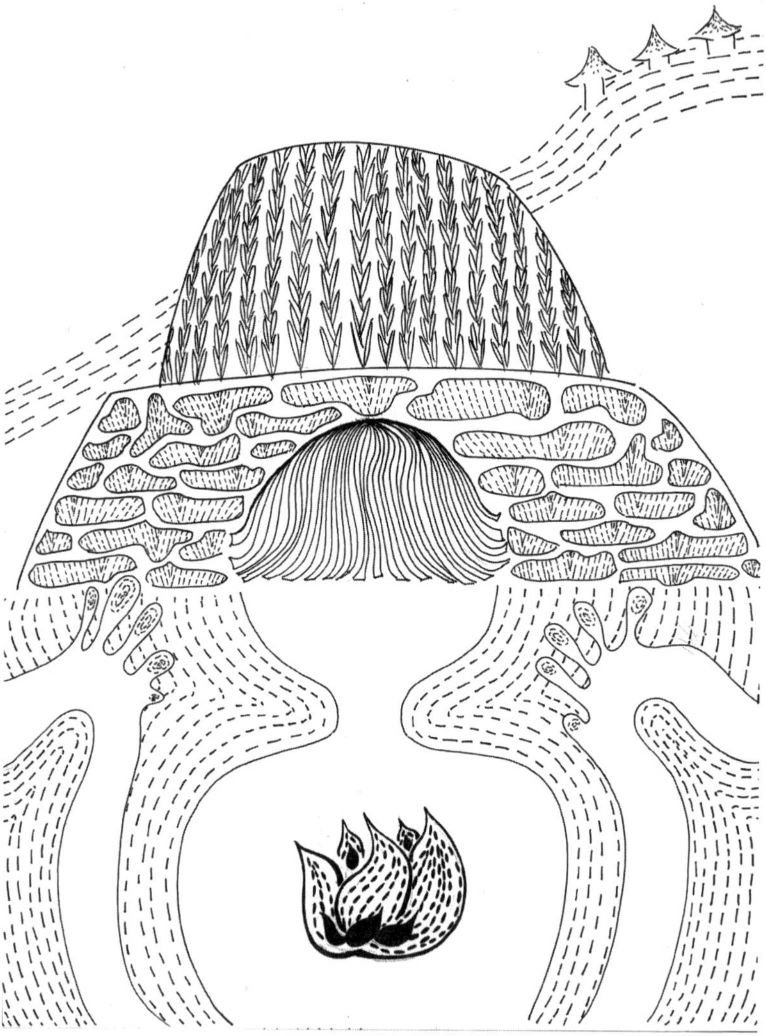

4 无端

“我们最大的恐惧并不是因为我们不够好，而是我们自己超乎想象的能力。我们害怕的不是黑暗的那一面，而是我们光明的一面。”——这种正话反说或者反话正说，是时下许多心灵工作坊的导师们惯常的说话方式，听着貌似振聋发聩，立刻醒神，实质言中无物，如狗咬尾巴，转得激昂，白耗体力而已。人们花大价钱去你那里求一时之安，导师的责任重大，只能将脑洞大开出尽万计，都要刺激你打点起精神来，至少在走出我这门之前，要有效果，出门以外，那就另当别论了。

这天下可怜之人太多，何谓之？就是哪怕将世间的一切悉数收尽，都不能得到半分的快乐，这种人最可怜，可见心灵导师是必不可少的。另一方面也说明，人的快乐，其实根本不能于外在而得，也许暂时可得，却往往瞬间即逝，快乐在这个世界里，向来都是如此，从未恒常过。

其实真正的快乐，是超越快乐本身的能力，这话说来轻松，实在难为，但我们起码了解有这个方向，明白快乐的人生，不要再向外去求，而是向内。因为所谓的超越，往往都是在内部搞定的，当然这需要学习，需要时间来实现，可当你完成了这一个超越，你就会一直活在快乐之中，想不快乐也不可能，别人根本不了知，但你是快乐的，你能自证。

我们先别说追求快乐那么高端，先说如何解忧吧，曹操说唯有杜康，相信你不会相信，可那个导师将正话反说或将反话正说，你就相信得了？如果相信就可以解忧，那当然不可以放弃，若不能，那就抽身离去吧，古人说此处不救爷自有救爷处嘛。

其实解忧就等于快乐，我们还是老老实实去创造一些快乐的因子吧，那样，你当场就解忧了。好了，第三首鹧鸪天来了，亦歌亦诗，以唱悦人，那就是快乐种子，春天的尾巴已经在眼前了，春愁春归，不妨碍我们同唱一曲：

晏起晓窗春雨残，蝶绡慵整绪无端。纤纤柳叶惊风露，点点荷珠化梗酸。

思未了，泪随弹，声声杜宇乱飞丹。春江一曲心无措，来季花灯戏凤鸾。【鹧鸪天】

5

嚷嚷

我经常在朋友圈里发放大段的原创诗文，有朋友取笑我在刷存在感，我说是的，一来我凡夫一枚，需要得到认同；二来好像也是我的职业所需，不得不为之；再有一个，可能比较高端一点，或者说自许一点的，是想通过分享，让有缘的人得到正能量。好吧，我承认，无论如何分辩，你都会在肚子里面，将自己笑成一条狗的，所以我就不分辩了。不过，我看过许多用佛经来刷存在感的，我以为他们更加高端。

今天跟一位好友谈及于此，他说了一句相当有素质的话，说，佛法是寂静的！言下之意，我揣摩哈，那些东说西说的，其实都与佛法无关，佛法绝对不随便嚷嚷。真的说得很到位，既然是修行，就应该悄悄地进行，以前听说过的某位大人物专门寻找最繁华的大街，然后公然在那里坐地读书，那也可能是修行，修另一种的，那一种的一般人估计修不来。

其实，刷存在感这样的事，人人都可能会去做，尤其是现在，那是一件多么容易的事，这是平常人的生活常态，那是不能厚非的。可是我们也向往另外一种存在，那就是进入山洞，一个人，一待就是数月，数年，甚至数十年，就是不出来，这是什么样的一种存在感呢？不要以为那是天方夜谭的事，不信你去武当山、终南山或者广漠的藏地去看看，那样的人不能说是少的。

当然，高声嚷嚷的人，有不少是有直接功利目的的，广告就是这样的事嘛，不过广告一般是机构行为，个人这样做，会有得有失，得再开出了一条兑换的通道，由名及利就是这样发生的，但是危险往往伴随，什么危险？耗散的危险，生命的耗散比较容易看到，而慧命的耗散，则只能自知了，而且往往这才是主要的耗散。慧命是什么？简单而言就是入道的机缘，没事就嚷嚷的人与道容易相隔，因为我那位朋友说过的嘛，佛法是寂静的，意思是道也是寂静的，这个我同意，请大家一起同意吧。那好，我要刷存在感啦：

兰因若雾栖千劫，十载青岑沆瀣云。
书伴芳情怀廓荦，声随隽语吐氛氲。
量包宝月虽无外，功在东林自有分。
恣肆横流由跬步，形劳不意记酬勋。

【七律】

6 趋同

我的一位同学从北京回到四川乐至老家，嚷嚷吃不到当地的好东西了。酒楼酒店里吃的，从菜式到味道，跟北京的都没两样。另一个小朋友，初到成都，在微博发帖求介绍好玩好吃处，有二十多个回帖，看了一下，所给出的去处没啥稀奇，跟在他所在的中等城市里所遇到的几无差别。再有，打你开车上高速，然后去到一个城市，见到那些城市的建设，房地产，超市，影院，酒店，商铺，手机店，学校，加油站甚至厕所，都一个模样，无法分辨你所在的是哪个城市，如此一来，来等于没来之感油然而生。

趋同，这是现世间的病，为什么这样说？因为人这种动物，需要好奇心来喂养，当你走在任一个城市，所见所闻，跟进入一个塑料花工厂看到的那些鲜艳夺目的花儿感受一样时，人们就会开始郁闷，需要吃药。你的郁闷来自于一个方向：世界是不是要走到了尽头？因为走到哪里都一样即意味着不用再走了，就死在此处吧。

其实这里面有好消息的！人的尽头即神的开头，当外面世界的欢声笑语再也无法响起，你内在的花朵，可能就到了绽放之时。不过以我之见，那个时候可能还远着，我们还没有将地球折腾成一个超级垃圾场，这是必须的，只有到了那时，我们才不得不接受一个拐点，才会义无反顾，才会决然绝然，但现在还真的没到那个时候。所以，我们祈祷吧，祈祷大家发达，快快发达，多多赚钱，拼命消费，如此，这个过程是不是会快一点呢？有可能！

当然，别的选择也有，那就是你现在就开始拐弯，是在内心里面拐，在外面你照样可以横冲直撞，但在里面你却越行越深，以至于脱凡胎入圣骨，同时外面的精彩还更精彩，这样的人，其实已经很多，只是我们的凡眼不识，以为人家跟我们一样，闷头发财，不管前路漆黑如墨。

不过，我们若从哲学的高度去看趋同这件事，却又有更加别样的惊奇。按照庄子“厉与西施道通为一”之说，美与丑，在道的角度看是没有区别的，怎么说？因道无分别，而人有分别，所以才有美丑之分，其实那只是人的赋予，而当人走向由凡入圣之路，这种分别就一点点消散了。咦！那么现在世界的趋同，是不是表明我们也正在由凡入圣呢？这是两回事，不过有一点应该是肯定的，当我们一致地感觉着世界因趋同而变得异常乏味的时候，我们真的需要向内逃离。好吧，看看庄子如何说？

支离隳弛每差参，惯向何乡独坐吟。
因忘江湖知水淼，竟吹蝶羽窃光阴。
如归之处穷天下，莫逆于人废古今。
况尔卮言无有间，颓然去物印深心。

【七律】

7

珍爱

我们对自己的一生，一般不会选择糊涂，但却很少有人知道珍爱。我们往往需要付出一生糊涂的代价，才知道有珍爱，才知道，自己一生幸福的路，除了去开启珍爱之门，更难有其他的入口了。不过，即便如此，这也只是一个起点而已，更能让我们把握终身幸福的，比珍爱本身更为难得的——是珍爱的智慧。

近日，我在一本描写青春故事的薄薄的小册子中，读到许多似曾相见的糊涂的人生故事，那里面的情形，令人感到郁闷与痛惜，值得大多数人好好品味，然后，来自我审视一下，从过往到如今，我们自己，或者周围所熟悉的一些人，也许就有许多更为糟糕的经历，比这里所读到的事情还要糊涂的。

这样的故事，其实一而再地在人群里反复演绎，当然有的人也许比较幸运，早早地远离了糊涂，但这些所见肯定是我们常见的人生况景。那些凄楚与痛苦的人们，只会将这些糊涂的伤痕深埋于心底而不敢显示于外，但岁月并不能够帮助人们去抚平它们，不仅于此，它们还会在延续原有痛苦的同时，更增加新的痛苦之因，终将弥漫成为一生悲恻的惨云苦雨，这可就不是一种人人都能够承受的人生结局了。

小册子里有许多诸如此类的说辞：“如果再长三岁，当时我就会将孩子生下来了”、“并不是我的，而是对方的生理需要”、“我们并不知道，这样做会怀孕”……好多少女在堕胎后如是说。据央视某节目栏目的调查，目前国内少女首次堕胎的年龄在15~16岁之间，她们这样说，表明对于她们所做的事，其后果如何，大多数人是茫茫然无所知的。但也不否定，有很大一部分比例的人，是了解的，尤其是非首次堕胎者。无论是哪一种情况，堕胎，其所因由的恐惧及其所引发的后果，到底有多么的严重与可怕，往往是当事者所无法预知的。这不是我们理智明慧的选择，却往往是我们率由任意的放纵，令我们身陷绝望的坑阱。

未婚而性，孕而堕胎，这无论如何都是人一生中不足以为外人道的灰暗故事。在这种故事的诸多损害中，少女堕胎所造成父母的剖心之痛，真可谓是最惨黯伤魂的人伦败局。尤其是母亲，她所向你传承的母爱，在一次次堕胎事件中定然被割裂殆尽。堕胎灭杀了生命，同时遭受戕害的，是你的母性心中里最温暖与柔软的那一部分，这种伤害，将会在此后的一生中，成为挥之难去的阴霾，压夺灵心的顽石，母爱之天堂，由此崩塌，那绝不是美好人生所应有的——这就是我们不能珍爱一生所必须承受的结局。

青春岁月，大好年华，不要荒废了进取，不要因放纵而将珍爱耗尽，送一首清平乐，祈愿正青春的朋友们，放松并有节制地快乐：

放飞岁月，无尽风情悦。花信翩然春一叶，侧帽气豪千迭。

吾心已兼天涯，狂荒说梦年华。不了春秋更替，只当天下如家。【清平乐】

8

艮止

《易经》里有一个卦，第52卦艮卦，其卦辞为：“艮其背，不获其身。行其庭，不见其人，无咎。”这个卦的大义是“止”，止是一个比较难以言说的，内涵外延都很深广的字，是儒家所追求的一个高境界，这从艮卦卦辞中的“无咎”就可以感知。《易经》里有许多貌似很好的用语，如吉利、贞吉、利有攸往、利涉大川、利见大人等等，但其最好的一个词却是“无咎”，也就是不好不坏，不落二边，那就是止的境界，好坏全在里面，往高里说，接近佛家常说的“空”的境界。而前的那句：“艮其背不获其身，行其庭不见其人”，则是止这个“无咎”的境界的具体体现，这句话历来被人歧解，漫无边际地穷究其义，但大多不甚了了，其实根本的问题是对“止”之为何物，不得其法而已。

隋朝大儒文中子王通写过一篇文章叫做《止学》，其文所达到的境界，被誉为人生智慧的制高点，据说曾国藩与李嘉诚的成就，都是得益于其人对《止学》的参悟。知止，从表浅义讲，是对人欲的一种有效的控制，而其更为深邃的精义，则可以从《大学》那一句“止于至善”参得，止的境界，其高可达至善，当是了不起的修得啊。

而《易经》里的那一句“艮背行庭”，按宋儒陆九渊的说法，是一种无我无物的境界，这很有道理。以儒家入世用事的指向，“止”的境界已经较为稀罕，但是孔夫子的确也有耳顺和随心所欲的开示，这是知止尔后的外显，那也是不得了的成就。如此说来，儒家本来就重心法，只因其济时务物为主流的诉求，心法不显行于世而已。

夫子所说的“耳顺”，当不只限于耳朵，而是眼、耳、鼻、舌、身、意全都能随顺，这是一个人对外部世界无障碍的完全接纳，而这正是“艮其背，不获其身”的隐义，用现在的话语来讲，就是一种心如止水而又不妨碍其身自由的一种活状态。

而“随心所欲不逾矩”，则是实现了外部世界对人的无限接纳，就是“行其庭，不见其身”的情形，穿行于世且有所作为，甚至大有作为，却能够不为世人所知，或者为人所少知，这样的境界，在儒家而言的确珍稀难遇！但可以肯定，这就是孔夫子所开许的儒家心法修行所向的终极之处。

由止而能通往至善，而且还给出了物我两相不妨的修行途径，这是多么活泼的行动！儒家以往常常让人误解为僵化与死板，其实人家骨子里根本就灵巧灿烂得很，好了，今后可得态度端正，如此方可得儒家的正法眼藏。有诗赞曰：

一抹孤光铺锦案，幽思次第半生吟。
秋风不觉疏凉近，伏雨无言草露侵。
见易如知韬略尽，行周以至万年心。
尘微漫卷云涯止，明月希声照乃今。

【七律】

9

立夏

居住了足足十年之后，2008年，我离开了南浦岛，岛上的丽江花园，是广州少有的长盛不衰的白领社区，几乎在那里居住过的人，即便后来离开了，说起她，多数人仍然是赞不绝口，这在广州无数良莠不齐的社区中真可谓是异数。

要说那里的好，到底好在哪里？估计每个人都说法不一，于我而言，至今我已经不住在那儿有七年了，可我几乎每周都还会去一趟丽江，买东西，看电影，找朋友，到处转，可以说是习惯了，如此安静的烟火气的去处，在广州，我只能在丽江闻到，其他地方，似乎就只有遥远的成都才有。

古人经常将南浦当作告别的场景，而我当初住进丽江，却完全没有顾及这一层，冲着她无数的好就去了，就好比遇到了一个美丽的姑娘，而且是那种专为你而美丽的姑娘，你会不顾后果去追赶并拿下的，可后来发现终无久缘，结局往往是走向苍清南浦。当然，与南浦结缘是不是都意味着必须有告别的情节？这不好说，而我却是真实地兑现了它们。

告别的滋味，有深有浅，深者的绵长，可能终世不弃，抑或还要带向下世，这样的例子不是没有的。浅浅的最好，那个好依然不远不近地存在着，而那个执着却再也不成为妨碍了，那样地活着，既有内容，又能来去由心，骊歌可以唱一曲，而那人已到了山外之山。

那年离开南浦的时候，也在立夏，这在广州，苍清翠绿，春水东逝，风由清凉而暖燥，常常昊日高照却又同时爽雨淋淋。时光再往前推，24年前的这时，我从成都毕业分配来广州，从那时起，就迷上了这样的爽雨，若没有她们，在广州，那真是苦夏，因而，若天气预报说近日会有大雨，我就常常早起看天等雨，有时连早餐都要错过。

好了，今天是立夏，虽然有告别的记忆，但于我终是一个好时节，因为马上可以拥有整个夏天的爽雨了。夏日虽是炎热的，可我早已不用冰箱空调，不饮凉茶，却还经常泡些参水来喝，我能这样做，都是因为，有雨！这样，阴阳就调顺了。一首西江月，带点点悲切，可终有所托：

序节风高梦雨，冲溶环翠亭湖。一江春水去纡徐，长顾苍清南浦。

枉却桃花尽吐，自余槐豆将扶。凄凄尘露旧丹萸，托付天心终古。【西江月】

10

天年

这次去台中看老舅，真切感受到了他的孤苦，尽管多少年来，他一路都在展示着他快乐的生活，可年及耄耋，身体越来越不听使唤，再怎么提劲，孤寂带来的那份苍凉，只有在内心品味了，这些我自然能看到，可又不知道如何去帮到他，很是无奈。

转念之，如果他是一个父亲，则可以没有这份苍凉了吧？中国人所讲究的儿孙绕膝含饴弄孙，毕竟是古训，不到这个时候是看不到它的好处的。其实这只是小道理，只是大道理的一小角。

天地君亲师，那是中国文化里一直以来的恭敬对象，而在人伦，去掉天地，那就是君亲师，君是领导，亲是父母，师则是师父（注意跟现在的老师有别），这三个对象是必须，也一定会受到人的恭敬对待，恭敬的程度则视乎其德行的高低。

回到小道理，如何解决老年了，有所养，有相望，有关爱的问题，比照君亲师吧。你可以成为一个领导，因为那是可以给许多人带来帮助的人，年老受人恭敬是理所当然；成为一名父亲或母亲，那是寻常百姓的应分，但现在这个念头有变了，后面会说到；要不就成为一名师父，而师父的特点是与智慧同体，而智慧则意味着与麻烦不两立，这样的人，受世人供养，越老越值钱。

老舅的问题很明显，唯有福德还不错，福报上有足够收入，不存在被养，德行应还过得去，人缘不错，可君亲师，三样都不沾边，所以，一定难办。我现在周围有许多年轻的朋友，尤其是女性，都不打算要小孩，她们都有一个共同的梗，就是不知道去担心年老了如何办，也许对她们来讲，那还太远，可是，看看你们的父母吧，他们如何？如果没有你的存在，他们又如何？

其实，人老了，你就什么都不是了，一切自便吧，除非，你是君亲师。当然，我所说的那些朋友，有部分是学佛的，她们的心愿是，今后一定要全力修行，那样，这一世就可以证悟，既然证悟了，就不存在老年人的所有问题了，这是不是有点听人说梦话的感觉？当然也有人说我会有钱，不用担心未来任何事，那就更加像是梦中之梦了。

由老年问题说到君亲师，我们看到所谓的大道理其实全都与我们密切相关，这就是为什么许多人热衷于修道，那是因为，有用。正如当你明白了君亲师的道理之后，你就会掂量一下自己的未来，若君也不成师更不能，那就赶紧找人结婚，然后生一堆娃好了，成为一个有用的父亲或者母亲，除了有以上好处，并不影响到你其他任何的事，包括修行。

下面这首小诗是写给我年老时的母亲，妈妈前年过世了，但她在世时，一直受到很好的照顾，只因为，她是一个母亲。

也望天年大耋，之嗟尽室希微。
施然儿债无了，日自调食浣衣。

【六绝】

第六章 世风已深，流波不返

前面五章的章引，将格律诗的基本特征说了，但要说由此即可以作诗了，倒还不足够，但也差不太远了，因为我说过，除了那三个特质，其余的都是小问题，因而，我尽量在接下来的五章的章引中，将可以完全地作一首合格的格律诗的要点讲清楚，然后你终将发现，读我的这一本书，居然是你成为一枚诗人的缘起。

其实格律诗在形式上根本就很死板，中等智商者，一个小时就可以学会！它们不需要死记硬背，不！等等，要背一点东西的，一点点而已，而且是所有格律内容里，唯一需要背下来的东西，就是下面要说的：其实所有格律诗，包括绝句和律诗，只有四个死板的句型，记住，只有四个，哪怕一万首格律诗，里面的每一句，都在这四个句型里，它们是："平平仄仄平，仄仄仄平平，平平平仄仄，仄仄平平仄。"这是五言的，七言的只需在每句的前面加两字，它们的平仄刚好跟原来前面两字的平仄相反。好吧，若想学会写格律诗，就请将这四个句型记住，死死地背下来，你绝不会吃亏的。

1

仙氛

由于茶、茶生意、茶行为太过泛滥，现在已经有人发出这样的声音：虚伪的茶文化。其实我老早就想说这个，只是不忍，因为，我好些朋友都在做茶生意，而且，我喝的茶，往往都是从他们那里得到的馈赠，那么，尽管知道有些不太正常，有些忽悠，有些装，难免吃人嘴软，说不出来。

但不管你如何说，只要有买家在，任何装都是合理的，茶生意就是这种情形，无论卖的买的，大家肯定心知肚明，在演一出很大的戏，在下一盘很大的棋，可都各有好处，不能点破。因而你就看到了，写诗的开始做茶，出家的开始做茶，做广告的开始做茶，开赛车的开始做茶，卖药的开始做茶，哈哈，我真的数不过来了，太多太多。可是你最终都得小声地问一句，到底谁在埋单？

开始以为都是官人做的甲方，但现在到处在反腐，茶生意照样很好啊？商人？那也得有送的地儿呀，也不对。那谁呢？其实还是普罗大众做的买家，只不过跟别的生意不太相同，茶这东东，真在喝的人往往不买，买的人往往不懂，一句话，都做成礼品去了，跟月饼一个路子，只不过月饼一年只有一次，茶则每天都是生意。

这种情形之下，茶文化就必须虚高起来，做作手啊！这茶能有什么文化呢？其实都是胡扯，但必须要有，从低里说，是自家手工生产的，可靠，往高里抬，则将场所装扮得精妙无穷美轮美奂，而且必须具有传说中的禅味，然后再附庸上茶禅一味的瞎胡闹，那就高了——说的是价格，还根本不可以讨价还价。有朋友就专门出了一本名叫茶文化的杂志，我还给投过稿的，不过，后来我劝他作罢算了，这样做下去，把自己给做虚了又咋办呢？

总之，茶这行当，大家都在努力营造出一片欢天喜地的情状，就好像里面绝对没有苦主一般，其实能没有吗？那谁呢？茶老板撒！几乎所有的茶老板都是，只是苦大苦小有所差别罢了，我就有朋友几年前做普洱茶的，囤积有上千万的货，几乎都出不了手，也是当时被忽悠弄的。思及于此，我们还是要为茶文化唱一唱赞歌的，因为虽与文化没什么鸟关系，却与能喝上好茶有大关系，这种苦一方而乐万方的事，是要多多打气的。

我的一位出家人朋友专做白茶，还是很好喝的，托我为白茶说点什么，遂赋诗一首，大家一评：

禀气养云华，仙氛沁碧霞。
毫骨飞如雪，天常好白茶。

【五绝】

2

沛然

现在许多攀附着国学名号的心灵类课程，都热衷于给企业家们讲断舍离，那就好像是一服世间当下的灵药，无病不医，无难不克，一课下来，貌似人人都得到解脱，功效当真显著，可是，那只保证在当下，下课之后如何，又另当别论了。

将断舍离曲解为享尽世界所能想象到的一切盛宴及繁富，然后再去享受另一种更加高大上更加美妙的受用，他们强名为所谓禅的境界，其实背后死死拽住不放的，仍然是对整个世界，对所有人包自己在内坚固地认定为实有的执着，拿着这一执着去注解所谓的断舍离，就像用一只夜壶去装盛天下最美味的饮食一样令人不堪。

所谓的断舍离，只是一个离开执着的方法，而不是离开世界的方法，这跟你的奋斗，你的成就，你的拥有，你的缺失完全没有关系，这反而是一种真正高大上的行世之智，对外物包括自我完全脱离了执着的智慧，是不可以由外而见得的，它具有跟世上我们见惯了的那些丰盛具有完全不同的品质，以世俗眼可能根本看不到其分毫的价值。

讲断舍离所涉及的出离心，是一个佛教名词，以出世含义为正调，而于世俗人而言，并非不能领受其好处，事实上出离这样的说法，在坊间流行已久，只是，不知有几个人能够得其滋味的？其实说开了并未有多复杂，没有不可以理解的深义，只是要做到，则又是另一种情形，可若当你真的领悟并实行了，那倒真是个了不起的成就。

活得很出离的人，你除了明确感受到他的努力他的高效他的接地气以及他的卓越，你还会感受到他具有另外一些东西，比如，轻松，无压力，谦和，不做作，至紧要的，是他真的能放得下，包括一切你认为是最重要的东西，比如，他最喜爱之物。这就是出离，他出离了所有外在的东西，但并没有舍弃，不但没舍弃，还比别人做得更用心而有效。这是高人，那是智者与成功者的合一。

说得如此之高端，是不是非俗人可及？其实许多人都已经做到了，而且，你我也必须慢慢去学去做，为什么？因为，所有人都注定要走向自我毁灭，人上了五十岁，身体开始出现问题，精神也开始走下坡路，由此而往的二三十年，几乎天天都在体味着这种毁灭之痛，越到最后痛苦越加大，无论你身处高位身家巨万子孙满堂或者相反，这个毁灭的过程都大体一致。一般人做种种的努力让自己活得更快活以减轻这个痛苦的过程，但效果往往相反，因为，这个痛苦的根源，就是你的不能出离，而你所做的种种，正是在加强这种不能。

好的，一首木兰花慢，长长的，让我们慢慢来品味这个出离的过程吧：

惜年光暗换，物华错，废狂狷。慕菡萏红衣，弥香满径，滋育长天。人行老，愁亦旧，与诗齐，只教付生年。终是寻香路客，枉扶月下阑干。

如烟，故旧半依然，零落更从前。许身寄残云，暗尘宿垢，不动繁喧。由今遣心往矣，发天藏，沛然出人间。此去山迢水远，且看百度千般。【木兰花慢】

3

太息

八年前的“5·12”，发生了汶川大地震，让我们真实地见证了生命的脆弱，人生的脆弱，人所发明创造建设蝇苟出来的一切，全都非常脆弱，在地球面前，在大自然面前，在宇宙面前，人类的确只有剩下可怜二字。可我们从不服输，永不言败，一有机会就折腾，将自然界弄得千娇百态，其实是千疮百孔，将人的痕迹，刻遍地球表面，然后又向下向上纵深进入，真正是无所不及无所不能，展现了惊天骇地的贪婪之心。我这样说可能挺得罪人的，可难道不是实话吗？

最先将科技发扬光大的欧美人，现在已经懂得慢下脚步，那个在科技上穷追猛打，青出于蓝而又胜于蓝的日本，也开始了休养生息，还是我们这种欠发达国家牛，好像一切都还在开始，要过足瘾，那还早着呢。其实，恰恰是我们中华人的老祖宗，最不重视搞科技，还说那些奇技淫术，除了引人堕落，还是引人堕落，故而，它真有那么值得如此着紧？

好像也是的，刚刚我的一位同学在微群中正向我们高声喊呢，要大家赶紧赶紧，玩遍全球所有最美的地方，要不到走不动了就可惜了，貌似这一玩，才是生命中至重要的事，不能玩，那是一生的遗憾。这样的事，当在情理之中，却又让我有说不出的滋味。

人类社会的极度发展，个人的极致享受，成为当仁不让的唯一法门，而且似乎受到全体人类的高度同意甚至赞叹，这是什么呢？这是一切人类灾祸的缘起！天灾由人祸而来，这似乎没有什么逻辑上的可能，是不是什么事的发生都有其逻辑上的背书？不见得，辩证法里的由量变到质变，就没有什么逻辑可言。还有，我们一天三顿饭，少一顿都饿得眼冒金星，可是现在很多人都在做辟谷，可以五十多天不吃东西，那是啥逻辑？所以，凡有灾祸，我们当思及逻辑以外的可能，我们到底做错了什么？其实那个错，也许就是我们每个人的那一点贪图方便与舒适的享受，而且，还将这个享用的主张放大到理所当然的地步。

生命的代价是高昂的，因为会造成在生者永久的伤痛，既然如此，我们实可以痛定思痛的，可是，能够吗？明显不能，所以，我们只好不断地在享受之余，去承受那些无妄之灾，并接受，人生终归以苦为结尾。诗一首，请静默：

法香一炷问宵晨，冤薮该应皆合神。
蹙地翻天冥五月，浮年积日恸生民。

见知如作千般愿，方取周和万化臻。
释泪升歌长太息，趁风漫意卷缁尘。

【七律】

4

昭昭

这些天，我在微圈里讲了一句这样的话，说，其实世界给你所呈现出来的一切，就像一只五彩斑斓的大气球一样，你拿一根针就可以一下子捅破它，这根针的名字，叫做中观，只是，你得有这根针才行。没想到，马上就有人回了一句：捅破它干吗呢？哈哈，这的确是一个问题！你干吗要将多么美好的世界，当作是一个破气球呢？不单如此，你还要捅破它，你这是犯罪！随后多位跟帖的朋友，亦多是反对捅破的，我们还要做中国梦呢！你却要我们捅破。看来我捅的不是气球，那是一个马蜂窝！

是的，我确实需要反省，为了说明那根针的重要，忽略了马蜂窝的存在。可是，捅破本身，不是也很好玩吗？何不去试试呢？那也许只是极少数人的想法，就连同意的人，也少之又少。

今天，我就遭遇了道友的批评，他的原话是，我相信你是究竟的，但在你眼中其他人都是不究竟的，那就是一个问题了。其实他这样说并不公平，因为首先我并不究竟，也从没有自认究竟，其外，我也没有看谁都判定其人不究竟。我的解释是，也许这是我的一个习气吧，我本身就是一俗人，虽然常会说叨别人的不是，但我真的极有向道之心，也希望有缘者也能有，仅此而已。

总之，我深有体察，世间里，人们都不会轻易放得下眼前的一切，过得正意满心高的人不说，哪怕是一名两餐不保，一无所成之人，要他放下并不好玩的世间游戏都是不太可行的。说到头，一个人如何，其实也是身不由己的，入道这等上上之事，那就更不可以强压，只有等那一天到了，才会自动入彀，而那一天是何时？更不得而知了。

以上都不是重点，重点是中观，就是那根针。中观是佛法里的精华，想要在修行证悟上有所成就，不通达中观是不可能的，它的确有如银针对气球般的猛利，世间的一切犹如空花水月，若没有借助于中观这个法眼，那也只是说说而已，看不破的。当然，学佛的人，从开始入门到走近中观，少之又少，大多数的，未走到半道就迷失掉了，可能连听说中观这个名字的机会都不会出现。不过若你一开始就听到了它，从入门开始就仰望着它，那就是另外一种景况了，说不定，你就成了一个拿针的人，如此，昭昭大道于你而言，那就平坦如夷了。有诗赞曰：

月垂荒径花踪，海湮天际风云隐。遐思万沓，幽光苏古，消停余恨。索略前盟，将心自迩，远情成寸。怕宽严岁替，失期津土，梦如在、借谁问。

雨过寂林催嫩，郁葱葱、夏凉轻引。金滩闲步，碧湾鸣浪，踏空思忍。世恒攀多，天常补匮，肯无私遁。况昭昭大道，娑婆尘絮，究归于烬。【水龙吟】

5

空壁

今天跟朋友一起喝茶，谈论到一个很有趣的话题，说起一些我们见到过的人，他们很可能是证悟了的人，朋友强调要眼见为实。我则以为，我们凡胎俗目的，估计对证悟者没法子眼见为实，难道你一定要人家原地起飞穿墙而过？或者，马上变成一个猴子在你面前演戏？多么不现实的诉求！我们缺乏对那个境界的判断力，只能相信，而不可能眼见为实，而且，最关键的问题是，这世界上，真的有眼见为实的事吗？今天我们就来说说这个，关于眼见为实的故事。

记得过去我在单位上班的时候，有一次，曾在一千多人的会场表演过耳朵听字的特异功能，当然，其实我一点都没有那功能，但表演的效果，却在其后的许多年里，单位里的人都真的以为我是具有特异功能的，对我另眼相看了很长一段时间。下面就是当晚眼见为实的表演过程。

这个游戏其实相当简单，包括我在内，只需要三个工作人员，就可以完美无缺地表演成功。我的角色当然是表演者，另外需要一个主持人，还需要一位假装成观众，坐在观众席上的人。过程如下，主持人拿出五六张空白的小纸片，向台下观众派发，一定要将其中的一张派到下面那位假观众手中，然后让每个人在纸片上写上一个字，折叠好，全都交到主持人手里，主持人要特别留意那位假观众的纸条。这时主持人将第一张小纸片交给我，要切记，千万不能拿假观众的那张。我开始表演听字，装模作样一阵后，将听到的第一个字报出，是台下假观众写的那个字，那是事先约好的，可是，留意了！我此时手中拿着的那一张小纸片，不是假观众的那张！他那张排到最后一个才出现。我报完听字结果时，会很自然地打开手里的纸片，看到了上面那个字，注意，这是另一位观众写的！如此，我可以开始表演第二次听字了，然后报出的字，是上次看到的，报完了又看到另一张……看到这里，我想都明白了这个把戏了，就是错开一步来看，听字那是假装的。可对于台下所有观众来说，他们看到的，就是我真的能够用耳朵听字，确定无疑！

而在前几天，在网上看到了刘谦，就是在春晚表演魔术那位，他现在跑到日本去了，在日本的街头表演穿墙术，视频上看到，某大街上，刘谦站在一个商店的铁闸门前，他前面有十几二十名观众，只见他从其中的一位观众手里拿过一件大衣，将自己遮住，摆弄几下，不一会儿他就站在铁闸门里面去了，一下子引起了不小轰动。其实一看就明白，那个魔术是为看视频的人表演的，而视频上出现的所有人，都是工作人员，只是他动用的工作人员比我的多，有十几二十人。

最惊人的一次表演，是前些年在美国，一个名叫大卫的魔术师，他居然可以在众目睽睽之下将一架大型客机变没了！那是在一个很大的综艺节目里的一个表演，节目分主场和分场，主场有许多观众，魔术师的表演在分场，那里也有几千的观众。表演很成功，让主场观众和电视机前的观众兴奋不已，却又百思不得其解，他是如何将这么大的一架飞机弄没的呢？表演结束后有记者采访大卫，他说了很多话，但有一句话却透露了天机，他说这样的表演非常不简单，耗资极大！哈哈，工作人员数量巨大，当然就耗资啦，有多少人？几千人嘛，分场地上的所有人，全都是工作人员，包括那几千名观众！这就是所谓的眼见为实。

当然，我们在平常生活里见到的或感知到的，比较那些表演，倒是有眼见为实的真实感，不过，极之令人震撼的是，即便是这样的真实感，其实也是虚假的！而且，这是最核心的虚假，比那些魔术表演还要更为虚假！这个，看来你是打死都不愿意相信的了！

好吧，我并不打算说服你，以后有的是机会。近日天天是雨，出门不便，闲搁在家，读诗要紧，也顺带帮你解解闷：

平夜笼烟江，冥幻灯光。车流若练雨如墙。风色浑然云淼漫，五月弥长。

空壁影人双，笺未成行。那方河水已茫泱。恁样昔年同坐夏，一刹沧桑。【浪淘沙】

6

莫若

今天有一名道友推荐我看一个视频，是一个挑战型的综艺节目，表演者是一名二十多岁的智障人士，他的总体智商很低，相当于五六岁的小孩子，可是，他却有一种惊人的天赋，那就是计算！他的计算可不是什么加减乘除之类的，而是乘方开方这种非常费脑的活。节目中嘉宾出了三道题，其中最惊人的一道，是计算一个十六位数字开十四次方！明白吗？就是说有一个十六位数之多的大数字，现在要你计算的，是什么样的一个数字，它自己相乘十四次之后，结果等于这个十六位数字。想一想都要令人分不清东南西北，就别说算了，而且是不借助任何工具的心算！结果，那位小朋友，人家只用了不到两分钟时间，就准确无误地将结果算出来了。

我的那位道友，在他的推荐语里说他看到哭，而节目里的嘉宾，有一位还是很知名的人士，他也被小朋友的超能异禀弄得当场痛哭不已。而更加奇怪的是，本人在看到小朋友算出结果的那一刻，也一样的泪流满面了！这到底发生了什么？为什么我们都不约而同地，为一个智障的超能人士的高强本领，付出泪水？

当然，你可以用一句被感动了而将这一场酣畅的流泪一笔带过，事实上几乎人人都不会再往下想什么了，不过若认真地审视一下那眼泪，仅仅只是感动这么简单？不止！或者说，跟其他的感动完全不同类型，因为，这样的个案，它本身带有一种无人能及的旷世之美！想象一下无人区，千古以来从未被人涉足过的荒漠之野，你从那里轻柔地飘过，当是一种何等震慑心神之美啊！虽然计算本身只是一种术，但哪怕是术，深到极处，高到无上，就是寂静之地，而那个表演者，却能将你带入此境，虽不一定是在道体本身，却肯定与道近矣。

若说有感动，那么这感动，只能源自于一个激赞——原来人也能够到达这样的极处！

不过，在另一个场景，电脑与人相比，人要超胜得多，而我们却不会流泪，那就是人与电脑下棋。下棋从技术层面讲，就是纯粹的计算，可非常奇怪的是，至今为止，电脑还是不能完胜人类，其实它早就应该将人类远远地抛开的，因为既然全是计算，电脑的计算力本应可以轻松超过对手的，但为什么又不能呢？这就很玄了，那就是我们常说到的道，棋道！

电脑巨高超，但只在于计算力，这本领人类暂时无法匹敌，但它充其量只是一种术，而不是道。可是，人是可以入道的！高明的棋手不与电脑斗计算，他斗的是棋道，道是统摄，术之极致，也只能在道之下，这是电脑的空白，所以它无论如何计算都不能胜人。

从见到有人具有与电脑相近的计算能力的流泪，到见惯了人有超越电脑的道而无动于衷，到底发生了什么？那就是，人这种动物潜能无限，但同时也是糊涂的，糊涂是因为无明！其实我们不仅能计算，我们更能造出计算力比天还高的电脑，我们还会感动，我们还能入道，那是任何一类生物们不可达到的，只可惜了，我们还存在无明，无明会带来糊涂，也就是愚痴，所以我们才会哭在不该哭之处，该哭时又不知在何处，那的确是我们需要修正的地方。好吧，作为人类，可以为自己自豪一把，然后再自省一把，那就比较完美了。时至正夏，近日却天降甘露，将酷热化作清凉，若顺便将无明转换为清明，那就更爽了，愿诗得证：

云山一拆雨霖铃，蝼蝈叮咛月扣扃。
吊影分茶春病去，软风作草市嚣停。
安知陋邑瓜黄好，莫若并时天地青。
百节今由蕃秀怼，透空晞日照荒庭。

【七律】

7

是非

基本上，愤怒被认定为负面情绪应该是没有问题的，当然，有人会说，那得看什么情形，那是，但所谓的负面，是指向下，令人心向下，无论你如何表面正当，产生了愤怒的结果，当事者的心都肯定是向下滑去的。而愤怒以生气为发轫，故而生气虽事小，可它会飙串至愤怒，所以也是大事！除了生气及发怒，伤人还伤自己的，要算怨气，而且这怨来得还不易察觉，往往伤人三千自损过万之后，还以为挺正常的。

情人之间相互指责，若只单面听一人的，都很有道理，其实弄来弄去只是一团怨气而已，没有人是对的。事情放大到全社会，哪怕是轻描淡写地从一个人嘴中说出对另一个人貌似公允的负面评价，也是怨气的发轫！所有的矛盾与动荡，就从这里开始。

那么，我们能做什么呢？其实我们什么都不能做，但同时，所有的事情的发生，都与你相关，所以，唯一能做些什么的，也只有你！这话听起来似乎是矛盾的，可若你真心去审视，却一点也不。

十多年前，阿富汗境内具有一千五百多年历史的巴米扬大佛被塔利班组织炸毁，整个世界为之震惊，事件的背景极其复杂，历史的、宗教的、教派的、民族的、文化的，种种错综复杂的矛盾交织和发酵，最终酿成了这样一个人人都悲叹不已的结局。不过奇怪的是，佛教界并没有觉得其宗教的天堂坍塌了，除了发出必要的谴责声音，事情也就这样过去了，这是为什么呢？因为，佛教的教义认为，即便是破坏佛像这样的大事，也是有其因缘际遇，其实当中并没有一个真正需要被指责的对象！佛教不让任何一个细微的怨恨有缘起的机会，从这件事上看，真是令世人刮目！

可是我们一回到现实的世界，看看周围的人和事，锱铢必较和以牙还牙天天都在上演，事件往往由极微至小至大直至无上大，世相之惨境便是如此而至，我们每个人都难以远离其中，而每个人也都同样分担着种种后果，分毫不爽。

当然我们是有得选的，对吧？慎言谨行，杜心于怨，那是可以做得到的，可难就难在将之做成习惯。慢慢来吧，那可能是一世的事，但却是值得为之的事。一首清心的七律，请笑纳：

一尺寒裳堪百越，堂风自暖写深忧。
朝行踏薄轻阴泯，河走催帆渐影浮。
小梦偶然穿夜短，旧怀不却绣肠周。
季流能扰心头最，而待尘华三世休。

【七律】

8

遐迩

看到一张国内某顶尖女星的落妆像，其惨状叫人不敢多看一眼，难免令人感到无比的混乱，你真的就搞不清楚，她们到底在搞什么？今天又看到报道，当年极之轰动的电视连续剧《红楼梦》的一个赞助人，如今靠低保勉强过生活，你又有点混乱了，事情怎会这样发展的呢？再看看最近落幕的大老虎，都到了求生不能求死又不敢的地步。还有那些正在莫名其妙就成了首富的哥儿们，他们往去的日子，将会如何呢？哈哈，你就更混乱啦！

在世间行走，有一件事是相当可怕的，那就是透支！不是说你的体力，也不是说金钱，这些东西的透支倒是微不足道的，而是一种你无法体察到的东西：福报！因无法体察，所以显得极为诡秘，你根本无从得知你现下的状况，但有一样是相当明确的，那就是若你透支了福报，马上兑现的，就是你即时现身于人间地狱！你说还有什么能比这个更可怕的？

古人要我们对于所得，要慎之又慎，千万不能享用太过，那样的后果，通常都是你我所不能承受的。可今天我们不是这样的，我们早就不去理会那些了，才管不了那么多啊！为什么？因为匮乏！你随手翻看一下你的微信圈子，天天都会看到圈友们秀他（她）们的美食美行美态美品，还有一些所谓的文化人，他们不只是秀物质上的享用，还进一步地将物质融入精神，然后相互渗透而产生出更多新奇的东东，他们享用这些稀有的高尚成果，还将之名为得禅味，那真是享受得一塌糊涂啊！

若真的在这些其实无用的享用里投入了你全部的专注，那的确是一件极之可怜悯之事，因为那些东西是瞬间即逝的，而你从它们那儿得到的，一样也是瞬间即逝的，但福报耗尽的结果，其惨状如何我们是了知的，你不相信而已，可不相信，就有用吗？

我的一位老师说过这样的一个比喻，生熟鸡蛋在外表上看几乎是一样的，可生鸡蛋极脆弱，因没有经过由生至熟的煎熬，熟鸡蛋则没事，即便被碰掉了壳，它还是圆的，一点不走形。其实老师想说的是要有智慧来管理你的人生，真正有智慧的人，从外表看不出来，但一经遭遇，便知其千锤百炼之质不是一碰即垮的，那是福慧相生的人生，这应是我们有所期许之处境。

去年这个时候去夜游珠江，被江岸的繁华所乱目，写下了一首江城子，只叹世风已深，流波不返，嚣世竞转，清光难再。遐迩之间，我辈实宜驻足中道，清明心性为好，诗曰：

烟江珠水计浮年，便无言，亦千般。嚣世踪尘，谁与顾苍颜。梦里流波忽遐迩，花一树，白云天。

而今荒服已翩跹，月高悬，照江湾。两岸飞观，百转竞辉然。但作歌风呼万迭，犹不尽，旧时欢。【江城子】

9

芳庭

一件小事。我家对面邻居，他们订了《南方日报》，便有一个塑料的报箱装在门口，每天有送报员送来报纸装入里面。可邻居却有一个特别的习惯，就是拿了报纸后，从不关上报箱的门，就这样让它敞开着，楼道本不太宽，两人并排走过，敞开的报箱门都会碰上路人的脑袋。

这其实是件极小之事，小到我虽看着不太好，也没有要去指正人家的冲动，但是，每天都看着他那个敞开着的报箱，你说心里很舒服，那是装的。就这样，我一直憋着，天天出门，天天回家，天天积累着那个小小的不爽，直到那一天，有几位朋友要来我家喝茶。在我开门迎人的时候，看到那仍然敞着口的门，怕一会朋友走过来会碰着，便顺手将它关上，就这样一个简单的动作，却让我马上心头一震！

当时没有往下理会什么，等到送友出门，再看到那已关上的报箱，心里一下子敞亮了起来，那些日积月累了多时的不爽，全都不见了，反而有了一点小小的冲动，就是希望明天开门时，又看见他们的报箱敞着口，这样，我就有机会将它关上！

看到这里，我不知你有没有同感？我想许多人会有的，一件貌似不好的事，只是心念一转，便成为一件天大的好事。当然，好事之说可能只是在我，道理我也不用说了，但起码那是一件只需举手之劳就可以皆大欢喜的事，应该人人同意才对。

这是个缩影，好多世事，都从类似这样的小事开始，而当小事成为大事，当事者却又像我当初一样处于不清明的状态，可以想象将会有多糟糕，而若能与我一样早早转念，可以想象有多顺畅。问题是，这一个转念，不太容易啊！

有一句大家都比较赞赏的话是，从哪里跌倒就从哪里爬起来，其实这句话背后是有深义的。我对邻居敞开报箱口的做法不爽，就是一种跌倒，若我在报箱口里越陷越深，会演变成一种冲突，最终烦恼痛苦的是自己，这个跌倒从结果来看，是很大的。但我现在从报箱口里爬了出来，那儿反而变成了一个期待，而且是开心的期待，为什么？因为明显这样做不单具有自我赎罪的意味，还具有增加美好机会的可能，而仅仅只是每天一次的举手之劳，想想都是赚到了，所以开心。

当然，你可以说我乡原说我和稀泥，但我不造新怨你一定是不会反对的。好了，近来一直苦雨不断，还殷雷频仍，看似天不作美，其实心无安所，而事体虽远，心所近也，我们莫舍近求远，宁事在于息心，有诗为证：

迭破殷雷屈耳听，居深不记妙年曾，由来六月总关情。

唤起千云倾作雨，翻如万籁众随声，风娇水上满芳庭。【浣溪沙】

10 寸香

近来股市疯狂，我有朋友在里面沉寂多年，终于等来了这一轮的牛市大发，然后，高高兴兴地去选购了一台X5来犒劳自己，多少让身边的人羡慕不已口水流尽！不过我是知道的，他这一刻的高兴，跟之前几年的度日如年相比，真算不了什么。总之，我们都只乐意盯着光鲜的部分，其余的，哪怕有极重的分量，都是要忽略的，那是必须的！

话说突然变得有钱，应该是大多数人的最爱，前些天大牛市时，每天新增炒股人员都以数千万来计，显示了勃勃然强劲的抢钱野心，那些新生力量在里面左冲右突，八面开花，将那潭沉寂了几年的死水弄得七上八落，风生水起。不过，是不是都大有斩获呢？那倒未必，股市不是现在才有，而现在这样的情形，早在历史上多次演绎过，实在没有多少稀奇可言，但我们还是照样地激动不已，那是因为，钱场本身便是利令智昏的，它才是千年不变的老妖，而股民们，无论大小，都只是小妖而已。

对于暂时在里面捞到金的朋友，那当然是应该高兴的，但若只是高兴并不足够，以为你的钱途序列从此改道，转入想穷都难的面向，那就不妥了，应该理解为，那是无常的，所有结果都是如此。

抛开股市不说，其实一个人有钱没钱，因素是错综复杂的，我们能捕捉到的，可能只是一些似是而非的部分，而真正起作用的，却常常超出了我们能有所逮的范围。一个可以近相比较的例子是美颜，无论你如何看，女人的颜值都是世间的一种资本，那些美人们，她们真的是可以依仗着令人馋涎欲滴的高颜值，去兑现出不可思议的物质大城堡，所谓倾城倾国，那不是随便说说的。

那么，这美颜本身，是可以挣到的吗？化妆？美容？整容？品味？内秀？你都要笑出声来了，NO！真正的美颜，那一定是带来的！怎么带来？那我可不清楚，可我了解，一个真正的美人，她的美，绝对不是经过严密的程序做了缜密的准备，然后在你面前晃一眼所显示的那种，而是，你得跟她混在一起！才可以确知的。

话说远了，我的意思就是，大财运与高颜值，其实是一样的，正如丑妞去折腾自己要成为一名美眉，并不是没有用，甚至有时还会迷倒一片，但那是表象。而你若是一个金钱序列并不怎样的人，当然也是可以杀进股市去风光一时，可一样是表象。归根到底，还是得要回到你的所谓序列去审视和求解，可要命的是，那往往是无解的，那怎么办呢？不是凉泮，而是更惨，只有法办！别误会，我的意思，是去求法，从中看看你的发财是否可办。

说累了，每每说到钱字，都是累人的，钱之无用，从这累字之上看便是了。还是词一首，让我们都放松一点吧！世界很大，除了股票，还有词与远方：

幽径爱层林，烟寺青钟晚。灰劫千寻一寸香，月上江洲半。

云退见声尘，素叶飞秋岸。落照如流入梦华，情老西风慢。【卜算子】

第七章

什么东西才能解我们匮涸之渴

上一章已经进入到作诗的节奏，格律诗的四个原生句型记住了，就可以开动了。好吧，我们从最少字数的开始，五言绝句，只有四句，每句五个字。作诗之前，我们还是要复习一下格律诗的三个基本特征，先说韵脚，格律诗的韵脚在双数句的最后一个字，但第一句的末字也可以押韵，对了，格律诗以押平声韵为主体，仄声韵很小众的，不讲。然后，绝句不用对仗，只讲平仄，下面开动。

作一首五绝，第一句用什么句型？可以随意在四个原生句型中任选，选定首句句型之后，一首五绝的骨架就确定了。第一句定了，第二句句型选用的准则是，末字押韵，首二字与第一句的首二字平仄相对，以此即可从四个原生句中选定一句。第三句是第二个联的上句，与前一个联的下句相粘，所以准则是，末字不押韵所以是仄声字，首二字平仄与第二句首二字平仄相同，以此同样可以从四个原生句中选到一句。后面的就不用重复说了，准则都一样，如此，一首五绝，通过反复的对与粘的句型选择，就这样作出来啦。

1

芳年

今天是五月三十一日，世界无烟日，七年前的今天，从凌晨开始，我断掉持续了三十年的吸烟史，成为一个干干净净的无烟人。那是一个传奇，甚至是一个神奇，因为之前，我曾尝试戒烟，试过无数次，可没有一次成功，而在那一天，我甚至连试的念头都没有，却成了。所以，我从来没承认自己是戒了烟，而是说断了，没有什么动作，就是断了。

关于我的断烟，好像在其他地方有说过，这里就不重复了，现在要说的，是吸烟的另一个面向。关于吸烟的害处，国际卫生组织和卫生部已经有深入而广泛的说明，但是他们说来说去，都只是吸烟害命的那部分，其实吸烟还有一个更可怕却极隐秘的害处，就是害性！

命是这辈子的，可性，那就不止了！当然性也与这辈子有关，而且其所相关，有时比命更为紧要。我们先说吸毒，吸毒害命的速度很明显，最后显现出来的是吸毒者将一切全都耗尽，身外的和身体统统归零，几乎会令人觉得他是死得其所的。可有一点，是我们万不了解的，那就是吸毒者曾经所得到的极端的快乐，那只有他才真的了解，对他来说，那是超值无上的，世间所有，一切你可以想象得到的快乐，都不如他的快乐那么巅峰，这才是吸毒的真相！

那么吸烟又如何呢？你当然会极力否认你的快乐了，可我是过来人，曾经的我，仅一个小时的香烟断缺都是极之难受的，这是事实吧？所以，你也只是以五十步笑一百步的姿态笑一下吸毒者而已，你们都一伙的，都是自己快乐的极点只允许自己知道的那一伙！你们的品质是共同的，就是，将自己死死地绑在一架快乐的战车上，须臾的暂离，都会造成极大的痛苦！然后就坐着那战车一直加速驶向死亡，死了以后呢？其实并未结束，那是另一回事，暂且不说。

好了，现在可以明白你们那些嗜烟者了，跟吸毒相比，你们显得优雅而从容，并不会很快将内外耗尽的颓败之相显露，可你根本无法否认的是，它也是在耗，只是将耗的速度放慢了一点而已，这就是害性！暂离的痛苦及福分的速耗，其实已是将自己拖进一个人生暗洞，在那里，真正永恒的快乐之光已透不进来，你只能在有生之年里，享用着卑微而灰暗的快乐，然后快速地将自己拖入更深的、不能回头的终极黑暗里，万劫不复！

不要说我没良心，我真的没有抹黑你们，那真的不值，以我重获新生的七年作证，你们的那个快乐不单是卑微灰暗的，而且是极度危险的，其危险之处，其实我没有全部说完，只说了这一世的，若你相信有来世，那就去找一个师父问问，也许他会告诉你。

这是几个月前一首写春醒的七绝，带着一个缩影，一个新生，这时的你在哪儿?

一记春声季气苏，鱼虫花草醒初如。
天青去了巾衣拙，暖岁芳年计可图。

【七绝】

2

素荣

有一位智者说过，人们往往会掉进两个陷阱中，一个是过分地相信合理的事，另一个是过分地不相信不合理的事，而在两个陷阱之间周而复始地往返，便构成了我们绝大部分人的人生。这里的合理不合理的，其背后就是逻辑，哪怕这逻辑，并不是由你自己亲自操刀推理的，只要周围人都认可的，你也就跟着认可了。举一个例子，坐飞机被认为是安全的，那肯定不是你亲自去推导出来的，但你几乎不会产生任何怀疑。

另一种情形是，我告诉你可以从画中的奶牛身上挤出牛奶，你应该是不会相信的，哪怕真有人当着你的面这样做了，你也认为那只是魔术，骗人的，因为这不合逻辑。

可是，你会爱上一个人！我说的是那种真正的爱，不带条件不讲道理远离逻辑的，而且极为诡异的是这件事会发生在每一个人身上。可见，我们真的是在两个陷阱之间穿梭得相当辛苦啊！

我们当中的大多数，一生所过，几乎是以糊涂为主角的，当然，我们不一定都能过上有智慧的日子，可我们一定要出离迷糊，而去过一种合宜的生活。印度有一个古老的言说，说要过上合宜的生活，必须具足四个因素，其一，是能够享用美好；其二，是能够合理利用金钱；其三，于人于事要讲究规则。最后一项，是要将前面三个全都抛弃！我想你现下是被卡住了，因为我也是的，你会一下子对第四个因素全无反应。

其实你不用反应了，如此反应只能说明你需要学习何者为合宜之生活。很简单，所谓合宜，就是要超越合理与不合理，就是要从那两个陷阱中跳出来，上述第四条要表达的，无非就是这样。

如果没能获得适当的提醒，我们尽其一生，都只能昏噩与营苟，合宜与清明与我们永远平行，那样的生活，你甚至会活得理直气壮，因为你以为那全无问题，反正人生就这几十年，人死灯吹，一了百了，有啥不可以的？那不正是昏噩与营苟吗？好了，不说了！以一首很优美的五律来结束这个无趣的话题，希望能小小地实现一点点的超越：

山高我所倾，壁立鸟心惊。
日夕空林照，草深吹万鸣。
天舒仙径隐，云起水风生。
方外今何得，杳然一素荣。

【五律】

3

浮客

今天又在网络上看到麦克·杰克逊当年的那场大型演出视频了，当时几万陷入不知名状的狂欢态，当场就有5000多人昏厥，令到在现场的2000多名医护人员手忙脚乱，事后知道有不少人死去。我们若拿现今的歌星演出作比照，已经不太可能有人能再达到这种癫狂的高峰。

无论你如何去研究，对老麦这样的人，都只能视作为一个宿命的范本，从表面去模仿，是永远都学不成他那样的，这不得不说是件极奇特之事。

换一个场景，反观目下江湖上的国学讲坛，已经有人可以复原当年成功学大师们的盛况，几乎是毫无道理地被无数粉丝前护后拥地崇拜着的国学大师，但若认真地审视其课况也只是得些国学名相而已，而且还常常演绎得口齿不清，你还是会被麻倒的，因为根本就搞不清楚，人家成功的秘诀在何处！正像有很大一部分人看老麦的演唱也是毫无反应一样，他们也无法了解何以会有人当场不适，甚至因过于激动而丢命。

其实，早有智者说过，世间一切，福报为王。马云成了首富之后，虽然反复絮叨的是自己前面的三十年是如何如何地在底层爬行，那种非人的辛苦是任何人都难忍的，然后才有今日之风光。可是以这样的故事来点缀成功，多少让人感觉老套，甚至产生被忽悠感，哪怕你的故事的确是真实无欺的，可是，我们难道就没有你那三十年的那些辛苦？那只能算个屁——因为我没成功嘛。

若你接受了智者所言，而真的认真地认为世间的得失其实都不重要，你就不会对这样那样的类人类事有什么高能量的态度，正如有天我跟一位将自己的事业弄得很是成功的朋友说，其实世间最不重要的事就是事业，他马上极之认同一样，真的有不少人近于智者的。他们了解，所谓的成功都暗藏着不能与人言之苦难，正负之间，终究以零和为结局，那才是人生的本来面目。

如此，每当看到有人爬上巅峰，你应该为他祈祷，而看到有人跌入谷底，你倒要为他庆幸，这样的做法自然非人人能懂，但最重要的是你懂，你可以不动声色地祈祷，或庆幸，因之，你就已是人中凤麟矣。诗一首，是写一座大山的（白云山），现在，献你：

风苏林樾壮，兰杜迓降云。
浮客停山半，烟深锁大坟。

【五绝】

4

指顾

孔夫子的确说过许多为己的话，比如：古之学者为己，今之学者为人。己欲立而立人，己欲达而达人。还有，己所不欲，勿施于人等等，然后就有人开始引申，如，一室之不治，何以天下家国为？一屋不扫，何以扫天下？最后，最奇葩的引申就变成，不懂得爱自己，何以爱他人？其实她要强调的是，关要是懂得爱自己！其他的都可以不要！

孔夫子说这些，要强调的只是一句话：推己及人！意思是，大凡是对自己好的，其实都不用教，天生就会，而做人最重要的，并不是落在对自己好上面，而是恰恰相反，必须落在对他人好上面，这才是所谓的“仁”，而将对自己好的那个自私的本性，从自己那里推出去，拿来益及他人，这叫做“仁之方”。可是我们那些知名的文人作家们，却反过来强调，你得学会爱自己，而且还严重地告诉你，那是你一生的重要事项当中之最重要！完全无视了爱自己乃是一切动物的根本本能，而人这种最高级别的动物，只会将之做得出类拔萃，而绝无可能还需要你来教她！

当然，世界已经变了，主流三观把自我放得越来越高大，基本上，只要你不妨碍到别人，不违反法律，你想如何，即可如何，而且明显地倾向于，将自己当作绝世宝贝来疼，那才能与时俱进。可是，我们都这样做了，倒是没有多少人能现身说法以表明那样是绝对对的，反而是，看在眼里的抑郁之人，越是多了起来。那么，痛苦来自何处？该是不言自明的，疼自己疼出内热，爱他人又爱不起来，内外不调，不得个倒春寒才怪！

道是寂然的，却是恒久的，你可以不相信，但你走不出去，亦不可能另创一个。人的社会，天地之垂现而已，其内在规律就在那里，视而不见者，只能失于道，失道者定然无得，那就是无德嘛！无德之人，想想都感到沉重、无力，能行吗？不说快乐、成功等等了，能行吗？

世情万端，免不了名与利、贪与欲的折腾，总以为，那些东西才能解我们匮涸之渴，才是今生“当当响”的保证，这样的浮世大梦，前后都做了几千年了，我们还接着做，越做越有感觉，那真的有趣吗？不说，看词：

渍墨云低飞旷树，荒城摇顿风饕抚。江上浪沤灯破雨，照长暮，乍雷惊起浑无语。

蝶梦将心趋玉府，凛然来去随指顾。浮世役身成二竖，问津渡，何时他岸开天路。【渔家傲】

5

墨丈

我是一个没有过节情结的人，可是，有一个节日我超爱过，那就是端午节。究其原因，只因为我是一个粽子控，从小喜欢吃粽子，各种各样的粽子，顿顿吃，也不会厌。今年的端午节，终于又发现了一种粽子超级好吃，是我一个朋友开的私厨自己做的，咸肉粽，只用一小块咸肉和两粒虾米，还好，都是包在外表而不是放在粽心，这对于吃素的我，那是方便的。因好吃，我居然去买了三次，总计约二十粒粽子，关键词是，全是我自己吃了。

我就是这样的一个吃货，当然，也仅限于粽子，其他的食物，我一概随意，当然，我不肉食的。那么，过一个端午节，我除了大快朵颐一番，还能干些什么呢？没有了！但是，明明是人家屈老夫子的日子啊，我居然没啥表示，只会吃，那也不太像样，超码不像一个文人的样儿。那也简单，写首诗表达一下，可以吧？应该是行的，因为，这比大多数人强，他们虽然没有我更爱吃粽子，可也做不了啥有意义的事。

其实我并不太赞成屈夫子就这样死了，若他可以活久一点，那不是可以写出更多东西以惠及后世？按现在流行的款，出个离骚2离骚3的，像人家速激都要出到8了，他们算啥呀？跟屈夫子比。可大家都认为，他死得悲壮，却又死得其所，故而才有几千年的端午节可过，你看人家韩国人还争上门来，非要让我们交出祖宗让他们拜呢！所以说，这一死无疑是对的，就不要去管他什么原因了。

中国人的美德就是喜欢抱团取暖造气氛，这对于文化的繁衍是必须的，世界四大文明古国只剩下我们了，这是有原因的（啥原因呢？前面好像说过了，不提），虽然看似不太高明，可就是实用，其实一切得久长的东西，往往就是粗陋的，像那些长不成样子的大树，因其无用而长命，我们中国人，真真深谙长命之道，不是吗？

好吧，诗有了，您不需读懂它，瞄一眼就可以了：

清流落日艾如华，沉月吟风嘘一涯。
怅怅归河捐墨丈，悠悠溟古卷云沙。
龙身不共千堆骨，若木犹栖几乱鸦。
幽隔词心空郁结，骚人每况畏天家。

【七律】

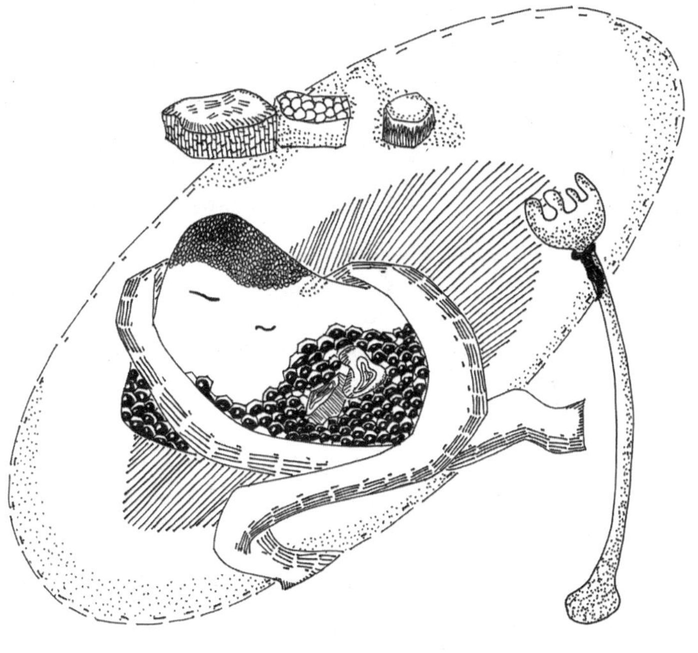

6

停云

沉寂经年，来到羊年的深夏，股市终于发疯。

我不入股市，对于赌博，我最多偶尔去买点双色球之类的无伤也无得之类的东西，这样可以随时做一个暴发的梦，却也不必付出多少代价，股市就不同，我有朋友总的是赚了，可为啥我就觉得他因此积累了不少抑郁呢？那不是我想要的！钱多与抑郁多同时在一个人身上出现，我没有证得过，当不知其味，可那也没有什么逻辑的必然吧？如果这样，求财的结果最终收获的是抑郁，那钱多多也不算是什么吸引人的事件了。

还是说回股市，近日这个成了大件事，猛升猛降的，很是吓人，可也打破了日入千万人的纪录，注意，不是日进斗金哈，是送菜！那些进来送菜的，在这些日子里暗藏了多少悲欢，我不在其中感受不到，可死心的多赏心的少倒是事实，因股指一路直泻，受伤的总是屌丝，还能火中取栗地捞上一票的，那不只是高手，而是如意手。

其实一入股门，输赢马上就得变成其次，若非如此，那就是百分百的入了苦海。可什么才是股市中的最关要？长寿、善终，那最关要！我这样说肯定多多的人不同意，老子就是想大赚一把才进去的，是的，那就是典型的屌丝心态，这是大多数，没有你们，股市也就不好玩了，你们的确劳苦功高，辛苦了，礼物是有的——抑郁！很多人不要，直接跳楼去了。

我不入股市，我自己之前是不太了解为什么的，直到后来，我在藏地遇见一位见过许多入山洞闭关者的朋友，才恍然大悟！我不敢独自入山洞闭关，哈哈，跟我不敢入股市是同一理由！它们都需要一个东西，可是，我现在真的没有那东西，所以不敢，那是什么？出离心！入得山洞者方可以入股市，当你具足出离心，股市就是你的山洞。如此说来，你可能不同意，当然，也可能是不懂，但不紧要，当你懂了，你就发大财了。吟诗吟诗：

酥雨空江吊昊天，青梅溅叶雾堆烟。
将今暖碧初生月，尔乃调停盛养田。
璧日扬精搬嶂气，炎风适闷趁芳鲜。
莫由伏节添行苦，或挹停云兑玉泉。

【七律】

7

幺幺

这是一首写给女子的诗，通篇都在赞她，可没有一句说她长得漂亮，但我敢肯定，她会从中感觉得到她自己是美的。

天生我本幺幺女，时或妖仙时或神。
也能空寂也能静，不远尘嚣不远人。

【七绝】

一般来说，女人长得美，她是不太确定的，就是说，对于自己是不是真的很美这一件事，她是摇摆不定的，时而觉得是，时而觉得否，慢慢就会弄成一种心病。韩国有八九成的女人都去整过容，其中有很大一部分本来就是美人，可还是忍不住要去干，就是这个原因。也以此原因，我赞美女人，几乎从不直接对着她的美貌，因为这样只会让她抓狂，她不会当真的，被忽悠太狠了，麻木。

真正的美，还真的跟美貌本身关系不太大，一个外形完美的女子，若只有美貌，那就只是一个模特，木制的那种，所以，美是需要有附件的！我这首七绝提供了几种，可以选用。一是以小居大，幺幺女也；二是要有相当的神经质，仙女都那样；三是动兔静处，能静是关键词；四是能进股市也能入山洞，哈哈，这是接了上篇的话题了。当你本身有美质，再加上俺的这个秘传，那是可以无敌的，接了吧！

回头看，坊间流行着许多教女人如何作美的书，还有课程，大体上是骗色骗财的，骗色是所教你的美不是真美，骗财才是真的。可还是很多人原意去被洗脑，却往往成了猪脑。爱美的根本是欲望，欲望与愚蠢本身是一对，她们形影不离。

再上一层，真正的美，是需要出离美本身的，为什么？因为，美之与否，全都只是一种被赋予，你是没有办法让全世界都认为你是美的，哪怕你曾经是选美冠军。因而，不用去拼命追求美果，而只是散发美意即可，当然，如何做才能得成于此，那是一个大学问，说来话长，再表。

8

和南

上学上班，发财当官，那应该是很正常的人生追求，或者说过程吧？可一夜之间，大家都比较认同的，却是健康、有钱、不上班！倒成了人生的理想，这不是有问题吗？都这样了，谁去干活呀？人人不去劳作不事生产，那行吗？看我愁的！就像我曾经跟一个朋友说过，当大家都愿意出家去当和尚，这个社会就变得美好了那样，他当时也跟我一样犯上了愁。

其实这愁是白愁，问题也是伪问题，一说理想你就马上认作真实，就像见有人信佛了你马上就要求人家跟佛祖一样的行持，那不合理。我们常说各安天命，就是说人人的理想都不同，所喜欢干的更不同，当你喜欢翘班时，多少人正专情在上课上班之中，而且乐在其中。明白了这道理，我就不再愁啦。

我有一个大学同学，他都读到博士了，还在深圳一家极为著名的通信公司做过技术活，收入很高，可现在，在经历了两次失败婚姻之后，一个人远走新疆，在那里的某个小城市里，仅靠着给中学生做家教来养活自己，而且，发誓再也不回来了。而我有一位老师，他是个修行人，一生没有上过什么正规的学校，更没有上过班，但他有一次受邀去美国一所相当著名的大学讲学，本来以为讲了就回来的，可是还没回来，紧接着接到那里一所又一所大学的邀请，最后不止美国，连欧洲澳洲的大学也邀请，结果讲了一年也没法脱身。

所以，当有人在你跟前高呼健康有钱不上班时，你要以一种进步的眼光去看着他，要惊叹人类的思想之发展，其高度是可以超越低生产力那时的，我们居然可以不去理会那些末端的打拼，而是直接爬上巅峰，那有啥不好呢？

际遇可以种种，但若心行高处，都会殊途同归，我们不要去低看简单劳作的人，也不要去鄙薄那些五谷不分而饱食终日的人，他们人生所得，并不一定不一样，而且很可能跟他眼下所干的，完全二不搭五。好吧，我们是应该离开现象去看本质了，心行高处吧，会得你之所得的，看诗：

云乡僻厝息浮岚，有客扶瓯竟日谈。
高味阿时无别趣，约言的理可惊惭。
分茶若展丁香结，话酒能滋肥齿甘。
性禀同人如洽意，得于未得且和南。

【七律】

9

鲜浓

我上大学在成都，上研究生也在成都，所以我常说自己是有成都情结的，大家都信，没法不信，因为那是真的！这个有情结是个什么东西呢？其实很难以表达，若笼统粗略地说，那可以用滋养来暂表吧。若非要说个具体的，我毕竟三十年前就来到这里了，那时的成都，几乎就是个破旧掉渣的建筑群而已，每天满街的破车在爬行，搞得尘土飞扬的，空气中永远弥漫着蜂窝煤燃烧不尽的气味，街道几乎全都种着法国梧桐树，秋天里可以天天见到落叶，仅此而已。

现在回去，那些旧景象几乎都没有了，但还是处处可以找到一些过去的碎片，其实不是专门去找，而是遇着了，那都是可以回忆的。然后，吃东西的口味，气候的习惯，软软的语言，还有往往看不见的气氛，在年轻时就被固化在这里了，要戒掉是有难度的。当然，还有更必然的某些东东，那就不说了。

前几天见到前妻，交谈间她居然表达了跟我完全相同的情结，她与我正相反，川妹子，却来广州读大学，然后就留下来了，她有广州情结，现在已经去美国多年了，还是必须经常回来，说是求滋养。所以，这种俗情看是无法免遭的了，青春的记忆真够狠毒，让你无法磨灭。

有西方的哲人说过，人生其实是一场徒劳无功之旅，那是那是，我非常同意！我们年轻时候的所有理想，都不太重要的，比如说吧，我极小之时，做梦都想当一名推土机的司机，好像还历时蛮长久的。到了大学，就是在成都了，反而没有什么明确的目标，最多就是想引人注意一点而已，远不及某国学大师在跟我同年龄时的志向大胆，他的志向是想要日更多的女人，那是白纸黑字写在他的文集里的哦。哈哈，每每思及于此，我总是觉得自己的青葱岁月算是白过了！

那什么才重要？淡忘它们可能才是重要的，就像吃烟多年，弄成堆积，要放下太难了，若是吸毒，那更是要命，所以都得戒掉。像我直到现在，还常常在糊涂时候想，是不是该要回成都去放老呢！那是该吃药了！好吧，让所有的记忆，都变成下面这首词的形影吧，我会拿去烧掉的：

慨当初、秋满锦官城，方遒少年同。正纷回混沌，无间岁月，四载雍容。时适尽开格致，纵荏苒匆匆。惟有梧桐树，今昔葱茏。

遥别经年顾望，笑淹留如梦，暗化秋风。那时情生处，遍觅一无踪。怅方今、鬓毛白了，再踌躇、不惑在鲜浓。还呼与、登青城去，春恰融融。【八声甘州】

10

绝壁

有朋友让我起卦，帮她问婚姻事，我婉言拒绝了。她为什么问我？因为我曾让她见识过易经预测的准确无误。但是，我不太敢随便玩这个，这样的僭越，有大过患，要慎之又慎！

算命起卦及星相之学，那不是什么迷信，但也不是什么值得去研究发明的东西，我们所见的从事这一行当的人，虽然他们为人指点迷津时有如神助，可他的人生照样一塌糊涂，你不一定了解这里面的原因，其实并不复杂。

人生的轨迹基本是确定的，这就是一切星相之说的根本，唯物者会指为迷信，有些信仰者认为是为神所造，其实只是因缘而已，一切都是自作自受。但就是这因缘两字，貌似简单，可深究起来，就不得了，因为，佛经里面反复说过，只有佛陀才是真正的通达因果者，对任何人的因果明断，只有佛说才是正确的。

可是，你会听说许多人算命很准，他们也自认高深，这就是过患之所在！行所当之行，事合宜之事，这是古训，并非人人都能如此。说因果者需具大福报，所以天机不可泄，道破因果，成为他人贪福之缘，就跟为盗指路一样，会有什么好结果呢？

前些年上了广西的大明山，见识了山势绝壁的超拔险峻，令人惊心！到了山顶，叩见了大明山镇山之王的大庙，那是壮族的始祖骆越王。等出了庙门，一阵天风扑面而来，竟然飘起雪花，如甘露洒落，那是在夏季啊。同行的友人见此异常兴奋，说得到仙人明示，回去之后，竟以此开启了新的大事业。后来成与未成，倒不甚了解了。

其实因果如绝壁，不要轻易去翻越，你知的，那相当危险！除非，你具足了良好的装备，又或者，你练得千山之上如履平地之功，若无，就老老实实开车上山，烧支香就原路返回来好了，那样，风景很好，风光无限，都是你的，却也无有历险之惊，有诗为证：

续古昆仑一脉长，盘纡龙举见苍茫。
天风灌顶成甘露，绝壁惊呼骆越王。

【七绝】

第八章

太多的谋略，那是是非纠缠之源

上一章已经行至会作一首五绝的节奏，往下就是五律，律诗规定八句，就是绝句的一倍？也是，也不完全是。先说是的部分，按照上一章的方法，一句一句往下写，联之内要用对，联之间要用粘，所用句型不得超出那四个原生句，一路写去，至第八句，便是一首律诗了。那不同之处呢？就是多了对仗，律诗的中二联，就是第三句对第四句，第五句对第六句，需要对仗，而对仗前面已经说过了，平仄要对，词性也要对。所以，按写绝句的法子，一直写至八句，再留意中二联的对仗，就是一首律诗了。

上面讲的是五律，七律也是一样的规律，这里就不用再啰唆。关于律诗，需要再提醒一下，律诗中有一种特例，叫做排律，要超过八句，上限则不限多少句，但一定要双数句，而且，除了首联与末联，中间的联，均需要对仗，这种体例的律诗在本书的第二章中已出现过，是一首十二句，即六个联的五言排律，大家可以回头去翻看，别嫌我啰唆哈。

1

瘦岭

已经有好些年没有回去过大勉村，那里的瘦岭满目苍青，还有潺潺流水，都还记得的。听说沈家祠堂也没有人管了，九叔已外出，到城市去照顾孙子，六叔去年去世了，就剩下十一叔，不过，他不太愿意管这些事，多年如此。想一想老家里的人们，还有那美美的山水，再回看超级大都市里的种种，终觉无趣，不是滋味。

是呀，生活在北上广深这些人蚁同类的洞穴里，各种郁闷自不必多说，可又能回到清凉的山村去吗？我经常如此问自己，其实是不能的，若真那么有趣，那山村为啥如此清凉呢？我们，包括我，全都在走向一条不归之路，一路风景美好，可我们就是不愿下车，而是直奔目标，那里有一个大大的“欲”字。

以前我会为了这个感到忧伤，为大家不妙的未来悲叹，可现在不了，因为终于了解，那是一种必然。今年去台湾看了，躁动过后的台湾的确让人舒心，可电视节目铺天盖地的综艺节目和全体参与的集体狂欢，却又舒服不起来。再看看欧美大陆那些早已远离成功忽悠的精致社会，大家无所事事地在酒吧空恍度日的情形，我们家那些洞穴山村之类，也又不算什么了，那有什么差别呢？

我小时候喜欢音乐，能演奏各种乐器，有极好的乐感。我家邻居有个女孩，总爱高声唱歌，可是，她居然是个左嗓门，任一首歌经她一唱，从头至尾你都听不出她唱的是哪一首，全不成调，可又大声烂唱，让人听到崩溃，直至连死的心都有了。而到了今天，若伙同大家去粮贩K歌，你会发现于唱歌一道，几乎全都是行家里手，左嗓之歌，已然绝迹，再也找不到了，成了彻底的珍稀之物，好伤人啊！

好吧，洞穴也好，左嗓也好，都是佐餐之物，等有了空，我还是要回瘦岭去看看，清凉一下身心，这也是一种佐餐啊，若不信，可以品读这首五律：

瘦岭翠衣红，溪留过竹风。
犬鸡惊陌客，老稚绽欢容。
陋舍尝新酒，祠堂祭祖宗。
相期寻再返，却是去来匆。

【五律】

2

不谋

日本社会有一个群体，叫做穷忙族，其实就是生活在社会底层的无力人群，那是一个数量庞大的人群。这种人群在哪里没有？到处都是一样的，可是，却有一些学者，将他们称为贱种，希望将他们放逐，不让他们生孩子，甚至灭绝，这就有问题了。

贱种的说法很小儿，不让人生娃更是幼稚，因为，说这些话的人本身，他们肯定也都是贱种的后人，但他们在如此主张时，却是不承认的。有时候，你真的不得不同情那些永远长不大的学者，他们貌似用深邃的哲理洞悉一切，以丰富的学识来悲悯人群，可只要一张嘴，就知道他们只是一群受了惊吓的小人，生怕的是小小的我，没有了立锥之地而已，其实，他们才是可以忽略不计的。

那么，穷忙一族们，我们应该何以处之？没办法改变，他们必须存在，因为，他们才是这个社会的源头活水！而那些社会精英们，如果没有穷忙一族的穷忙，他们将一无是处。

这个话题有点大，我一贯不爱说这些东东，一是无用，二是无力，可就是看不惯以小儿一般的残智来为国计民生出谋划策者，他们才是可以消失的人，当然，我指的消失，是闭嘴，不谋而已，而不是灭绝。

有一个生意人，他在深圳拥有一幢二十多层的大楼，他后来的生意，都主要集中在大楼的租赁上，而且，他所花的时间和精力，大都集中在地下停车场和一二楼的经营，他的最大头的生意，也都来自那里。那高层楼面呢？可以不理？当然要理，但是，他神色严峻地说，若底层经营不好，高层根本就没有生意！

其实，在人的社会里不需要太多的谋略，那是是非纠缠之源，虽然，末世浊流，愈加远离无为而治的天下，难免邪见歪议横存，可世界的本来，是成住坏空的循环，无为也好，多谋也好，都不会改变这个天地于一二，唯一可以改变的，只是你我之心，弃形离执，可以拥有愉悦之情，来看这世情沉浮。一首七律，来代表我们不谋之心吧：

夕秀云高却望秋，孤轮残照起萍浮。
思量障海行如弭，喻教箕山遗不谋。
百偈唱将吃茶去，星期笑仰晒书酬。
心吾与口身空有，怅怅流形梦旧丘。

【七律】

3

阿谁

最近网上有一个数学达人出名了，他说，马云首富有1500亿，中国有13亿人，他若大方点给每人分1亿，他还剩1487亿，首富还是他，我们每个人又都成了亿万富翁，那该多好！听他如此一说，就感觉全国人民都欢腾了。数学总是冷冰冰的准确无误，我希望有更多的数学达人出现，管他妈准不准确，够欢乐就行。

不过令人担心的是，若马大侠听到了，又相信了，那就惨了！就像古时候波斯帝国有一个国王，下面有一个大臣立了大功，他要奖赏，问大臣想要什么，大臣想了一下，拿出一个围棋盘（类似吧，那时波斯国恐怕没那玩儿），说，请您给我点粮食吧，不多，在棋盘的第一个格子放一粒米，在第二个格子放两粒米，第三个格子放四粒米，如此类推，在每个格子上，都放上比前一个格子多一倍的米，放满就可以了，大王一听，乍就要求那么低呢？你不想要多一点吗？大臣面无表情，说，这样就可以了。这大臣可真的太坏了！因为，你知道若按他的要求，国王得给他多少粮食？具体数字不记得了，好像是整个国家一年粮食收成的170倍。

估计，马云不会那么惨！我们常说难得糊涂，吃亏是福，马云虽贵为富首，也没有那么大的福报吧？如果他真的那么干了，就会发现，他不用做货王，更不用当人王，他只做我王就可以了，据说，这才是世间福报之最。

我们总是习惯于用东西来丈量人，其实人有什么好丈量的？前面有说过的，区区墨丈，天地间，阿谁无外？空无无边，都成了你的，你又是谁？这个问题嘛，太大，不用去理它，可以理的，是如何去做我王，就是任一切，都是自己做得了主，这个，虽然也不容易，可还是有下手之处的，比如，你选择相信数学达人的计算结果，真的能高兴起来，可以吗？自己做主嘛。

其实我并没有开玩笑的，生于天地间，人都是渺小的，货王人王，与你并无多少区别，若真有区别，那就是你一日成了我王，成了一个深空，似有所处，却无可立，那就，真的没啥可说了，就只有诗与远方了。

天地了如是，阿谁可外乎。
何有当中立，深空恰似无。

【五绝】

4

不岁

日前正流行的心灵鸡汤，莫过于“生活中除了苟且，还有诗与远方”了，啜一小口，知道了诗原来可以美好，再喝一大口，才知道它在远方，够不着，还是没有用。我这是调侃，当然也说明心灵鸡汤一类的补药，并非无用，却终还是无用。

诗且不说，远方固然需要时间才能到达，所以说到远方，你当思及未来，回到你身上则意味着长大，成熟，老了，那个时候若有诗相伴，可能会产生一些不一样的化学反应，你就定义为美好亦可，这当是人人都觉得不错的结局，在老弱病死之前还可以有如此逗乐的空间，因而可以暂且不去理会目下的苟且。

其实没那么容易，有关诗与远方的臆想并不能抹平你面积广大的心伤，除非，你是一个能从诗中得到快乐的人，一句走心的诗句，真的可以息止某些劳气，那样的人却是不多。如果能那样，远方更只是一个时空概念，有的只是坚冰般的理性，不可能给你被现实烫伤的疤痕涂上软绵绵的膏药。

以我之见，诗不可急就，远方也还远着，现下的苟且，也不是一时半会就可以闪变，那就真的无处可耍赖了吗？不是的，听说，会写诗的人，往往都具有不岁之心，就是可以当时光为透明，不理会它的造作，永远让自己活在无时之中。那么，你可以反动一下的，既然不岁之心可以产生诗意，那不妨让自己活得混沌一点，看看诗窍可否开得？

我只是不晓得如何表达这个该死的诗与远方，就只好胡言乱语一盘了。归根结底，我是对心灵鸡汤有无力感，或者说有无味感，更确切说有无性感，最准确的，是让我产生更年期之感，总之，我们不要听它们的好吗？还不如直接听我吟上一首远方的诗：

闲间且笑吟，身畅入孤深。
谒问天之钥，亭亭不岁心。

【五绝】

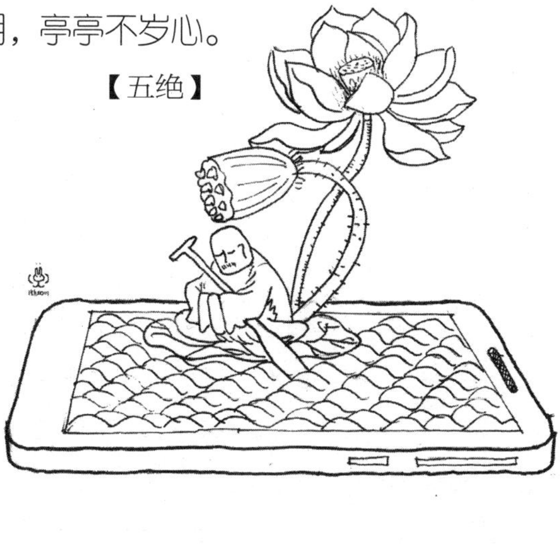

5

卿卿

有人在微圈里发帖高呼什么事业呀生意呀，成功都不重要，唯有家庭幸福才是最重要的，被我骂了一句“白折腾”，把人家弄冒了，反诘于我，说，我不信你都超越了！别误会！我才没有任何超越呢，甚至连你都不如，可我这样说，并非你所理解的那样。

从广州坐火车去北京，可以一票到底的，但沿途有许多停站，能下车暂留片刻，有人就会因停留站风光事物过好而不再上车，也有玩一下后再重新上车的，但有一种情形较少见，就是都到保定了，突然想起在武汉暂停时有一个地方未去玩，心有不服，居然要坐上回头车回武汉去再玩一盘，劝都劝不住，这就是白折腾。

对于那些被中途风光迷倒而下车不返，或者要倒退回去的人，你跟他说什么北京才是目的地如何如何的，都难以让他一脸幻灭的表情转换，没有那些中途站的快乐，难道他会死吗？会的！就那么严重。

如此，我常常鼓励自己去过一种迷糊的生活，也就是不要太在意所遇所见，无论当下远近，这那何处，都只提取快乐的因子而已，其余的尽量忽焉而过，让自己心肺全无。那其实是一种装，一种相当严重的装，为什么？因为凡种之欲是硬实的，故而所有无欲的装，全都只是为了强化唯一的欲，那就是，必须得到北京才下车！

儒家致力于将所有人变成君子，道家则认为这是不够的，再君子还会冒烟火气，而是要活得有仙气，佛家则可君子可小人，可烟火可神仙，关键是处处可以说不，最后连说不都不要。哈哈，这境界有点远，比诗远。

世界无比复杂，欲的造作可以达到极高的层次，掳掠卿卿之心的东西太多太多，可是，留住欢不如行乎远，世梦难圆，圆了却还是破了，世情如染，爱一湖水者，不知有江，况且，更有江外之江，如诗所言：

卿卿枕碧床，梦破月池窗。
爱染湖心雨，况乎江外江。

【五绝】

6

濠城

这两年来汕头的时间少了许多，不过我与潮汕地方的因缘依然绵长。广州之外，成都和潮汕是我开车不用看地图也可以乱来的地方，这从某种角度注解了车与路的默契，往往不由你来选择。这个世界里许多必然的事件，都会因默契而得以深入，而默契本身，已代表了超越表象的了解。

今天一路披雨开了六个来小时车，又来到汕头，与朋友落座吃饭，大家便热络地聊开了。照样是满座潮人和盈耳的潮音，无论我与潮人有多深的缘，潮语我始终是不通的，几乎是半个字都听不懂，可我在鸟语绕耳之时很愉然能安，听不懂并不自带讨厌，甚至还有些少享受着。

席间，我开始发话，问众人问题，要他们说说潮汕人与其他人的真正不同。这看似小问题，可并不容易讲解到位，大家七嘴八舌说了不少，最后由我总结。

潮人总让人感觉精明能干，其实不确，而是潮人与你交往，永远清清楚楚不带糊涂，那才是其根本特征。潮人往往也会使坏恶搞，尤其是做生意的，可一般只为求财而不害命，你看制假开票退税洋垃圾等等，他们无所不能，既大胆又专业，都是全国领先的，但潮人少见去杀人越货的，因为，他们骨子里大多内心存有敬畏，你看此地神庙遍巷里都是了，而且还天天拜！最后一说，是有关潮汕女人的，她们很顾家，不轻易去办离婚，那是的，为什么这样，是因为潮汕女有一种特质，她们天生就认为，家里的男人是最重要之物件，是需要当作宝贝来疼的物件，这是世界上较稀少的认定，乃至于中国的其他地方，也是极少见的，日本女韩国女稍好！

此一番说话潮汕友不得不服，他们当然了然，只是云深不知处而已，我则是缘深有奇见，或可以惊叹一下！

七年前来汕头时，极有感观，写了一首七律，今天看了略感幼稚，不过还是出示一下，大咖一哂：

鮀岛旁开三百岁，榕江并海绘秋蓝。
濠城垣旧人希了，巷庙炉香火任堪。
慧起无依证果寺，福临有仗准清庵。
潮音肯解诗书结，闲坐扶瓯一日谈。

【七律】

7

阅岁

酷夏将去，立秋即临，若以秋为记，一岁近过，阅岁经秋，无论云厚，还是道平，都归于淡薄，那是岁岁同景亦同情，人世本无奇处。

有朋友谈起他曾在云南参加一次禅修的经历，那是一次高规格的禅修活动，定在一个风景绝佳的胜地，住宿饮食各种条件极之殊好，领事者亦多柔性，行禅全由自己作主，况无苛规相限，还全程免费参加。但是，我那朋友，在如此优渥情形中却待不到三天就逃离了，究其缘由，竟只是心有不宁，与外境全不相关。可见，能掌控我们的，似乎是物质，其实终归是精神，心不宁，再舒服的环境，都留不住自己。

古时候的关羽，让华佗刮骨取毒，仍能谈笑风生，全无痛苦，可一日被曹操缠留，就苦不能持，必须过五关斩六将去千里寻兄，方能抚平离苦，这种事情，在我们的人生中处处都是，可我们还是以为钱才是最重要的。

近日与老友闲谈，说人生往往就是两件事，一是成就，二是境界，就看你要哪样，老友强调，他只要成就，境界无所谓。我想这是大多数人的选择，因为，境界这种东东，非人人可得，因而就非人人所能了解。不过，有一种人却很容易就会选择境界，那种人，就是阅岁甚深之人。成就是止痛药，而境界，则只是一杯淡茶，它的滋味，需要静入孤深方能品得，想想，还真的少有人有机会去理会，因而，无论如何，先成就自己，当然是最最之选了，因为是人都怕痛，但是我们不太知道，这个世界上除了痛，还有一种比痛更痛的东西，就是失味，失味之可怕，若你是个吃货，想想对美食完全免疫，就清楚了。

阅岁深，不仅仅是见得广，还要感得厚，是对世间所见，几乎不曾丢漏的打包全收，如此，乐与痛，都混然一物矣，故不需要止痛。

我们常说要保持初心，所谓初心，就是常心，没有太多的造作，不产生多余的废料，因而可以相对保有宁静，那是入得孤深的前奏，阅岁之深，便是回到初心，这是同一件事，诗云：

弥日青阴分代越，云衣星驾月璁珑。
泠泠木叶樱桃雨，寂寂诗笺剔透风。
别院蛙吹鸣不古，烛天蚊聚踏无空。
周闻检点消疏事，阅岁如初合自同。

【七律】

8

苍渺

即将跨入大学之门的寒门女，才十九岁，妈妈千辛万苦筹得的九千多元学费，被电信骗子骗走，因伤心过度，花季少女第二天就告别了人世，这件事让全国人民伤感吁嘘，这令人伤心的世界啊！

当然，区区九千元在如今的物质洪流里当算不了什么，可那不是数字的问题，对一位寒门少女而言，那是唯一的生机，没有了那数字，她会感到等同入了死门。因为，苍渺之世，并没有更多的门对这样一名混沌未开的少女打开。

有人会说，现在的年轻人心理素质不行，丢了一点钱就去死，上不了大学，也不是什么要命的事。那是见过苍渺的人说的话，自然也是在理的，在这个世界里，并没有什么是真正很重要的，它们的所有，加起来都没有你的命重要，只是，这样的道理，哪怕阅世甚深，也不见得能明，才十九岁，估计还真来不及明白。

话是那样说了，遇到了烧心之事，许多的人还是会为之心死，然后为之身死，世界本身并没有绝对，但那些人将自己活得非常绝对，所以才会有生有死，其实，我们完全可以不那么绝对的。

就像一朵鲜花，她的生命本已短暂，可有人说了，花在告别世界的那一刻才是最美丽的，因为在那时她学会了飞，所以就没有什么生死的分别了。还有松子的陨落，那是它们生命广大的表征，也都超越了生与死。而人呢，几乎都不太可能有此表现，也许得向植物们学一学。

总之，对于那位经受不起骗局的小妹妹，我们感到非常惋惜，可是依然有许多见识过大套路的人，他们的结局其实也跟小妹妹差不多，这是更为令人惋惜的另一件事，为什么会这样呢？只因为，苍渺太大，令到多少人，即便活上一百岁，也不多识得几分，那样，遇到电信骗局，也难免一死了之。不说了，看词：

花谢始学飞，曾立高枝杪，纤玉今朝化彩泥，犹梦蝴蝶笑。

松峭趁天风，万籽随云啸，陨落千山化巨涛，积岁看苍渺。【卜算子】

9

琥珀

眼下，看情形，中国传统文化走向式微，几乎就是不可逆的态势了，虽然，多少志士仁人在那里振臂，同时也有无数商家对着她押宝，总之，一众鱼龙混杂的有心人难免要失去耐心了，这件事之不可为，慢慢就成为真的事实了。

佛说一切有为法如梦幻泡影，那么，传统文化是什么？到底是不是也是一个有为之法呢？那的确烤人，大概没有几个人能说得清楚，但是，我们那些振臂与押宝的，你们怎么说？能将之无为吗？不能说没可能，但是非常难。

在某种角度看，传统文化与古董有相近之处，哪怕是最最现代超前的人众，他们也不会当传统文化是垃圾，他们最多当它们是摆设，平时不理，无聊时看一眼，手痒时摸一下，跟那些老收一样，老收们只是多了一些擦拭。为何明明没有显然的用处了，可还是有人不当它们是垃圾呢？因为，这是一个有层次的问题，并不能以一维之眼观之。

好的，现在我们加多一维，以两维之眼看看，就是说，物质之上，多一层精神。传统文化，除了跟古董这种器类有相通之处，它们还能以慰藉而让你上升到精神层面。比如说古诗词，现在有几个人是真懂的？但同样没有人说它们是垃圾，看似无能，可常常见有人引用，而且还不令人生烦，这就是慰藉。这个作用有点神奇，但到底还只是一种术用，所谓术用，那是指它由思维与情绪可及，能离开器物，但还够不上幽深。

传统文化真正少人能懂的部分，是它的道，而道须以修得，那些学富五车博古通今者，若不修，充其量也只是得个术用，甚至更低，做个老收。

这么一说，好像我特瞧不起老收似的，其实我就是个老收，我喜欢琥珀，古青花，收它们，把玩它们，有时，还会买卖它们，总之，我愿意做一个传统文化的低等守护者，那也已属不易，因为，多数的人，更愿意旁观。

好吧，让我上一点层次，用一首词（术）来赞美一下低下的器。

锦色琼肌云滴坠，来古娉容，萦梦千千岁。一觉醒如花浅醉，翩翩犹带其时美。

忆念前今春也似，偃月松风，暗结明珠髻。散尽霞光垂宝气，闺心辜负无人识。【卷珠帘】

10 西域

这些年我几乎每年都自驾车入藏地溜达，开始只是在四川藏区转悠，后来慢慢扩大了范围，什么国道317、318，还有文成玄奘入藏线路，青藏公路等等，都走了一遭，到如今，就只差入阿里的大北线没动了，藏区最难行的路，也都差不多见识了，而且，我还有孤身一人在藏区日夜兼程赶路的经历，下面说一说一次特别有意思的故事。

那是2015年，我和董主席结伴西游，先是我自己开车到成都，他飞去的，然后从成都一起出发，经汶川九寨沟到兰州，然后走文成公主和玄奘的入藏线路，即西宁青海湖玛多玉树杂多丁青那曲当雄拉萨，一路上到处寻庙拜佛，走走停停，全程都由我开车，到了拉萨，行程已过五千公里，我倒不累，主席却受不了了，原来这车子，坐的比开的更累啊。他说返程已无法支持，要从拉萨飞回去，如此这般，我就只好一个人独行了。

因为雨季到来，317和318两条国道都大面积水坏，我就选择全程青藏公路作为返程，可是，择好吉日，那天就开车离开拉萨，但一出拉萨的门，就遇着了麻烦。

西藏在其境内公路上设立许多警察关卡，像317、318和青藏公路这样的国道，几十公里就要查一次！查身份证、驾驶证、行驶证，还在你通过的第一个关卡开一张限速卡，然后，后面所有关卡，都要在那卡上面盖时间印，若超速要被罚。更紧要的是，这张限速卡若是没有了，那就是大麻烦，据说要罚二千元并扣十二分，即时吊销驾照，车要让别人开走，因为你的十二分已经没有了。

我从拉萨沿青藏公路返程，由于并没有意识到那张卡有多重要，又见有太多人排队领卡，就心存侥幸，竟然不去领卡！想到下一关口找个借口，看看能否搪塞过去？结果，麻烦就这样开启了，那可真是大麻烦啊！

行了约莫四五十公里，到了第二关口，守关人要看我的卡，我就说没领到卡，人太多，没人管。警察说没卡不能过关，你只能开车回去领卡再来！我的天啊，开回去？要命哦。我种种分辩，解释，希望他补开一张卡，可警察们没理可说，叫我若不愿回去领卡，就往下走，到下一个关口去再解释！

当时寻思，应该会没事的，就走了再说吧，尽管心有忐忑，不知会是如何的结局，还是这样决定了。就这样，一路上心极不安宁，熬到了下一站，警察照样是那样的询问，我亦照样如是地说，最后，他竟然说了跟上一站警察们同样的话，“你到下一站去解释吧！”这时候，我知大事已经不妙，有一个极之糟糕的结局，已经在最后一站等着我，那将是什么呢？我当时还不晓得的，但是可以想象，那绝对不会让你轻松的。

一路开去，有400多公里，内心各种纠结，焦虑，那是多么不爽的一段旅程啊！这一路上，煎熬是必然的，左思右想着种种策略，希望最终能搞定这件明显已经难以搞定的事，一点也开心不起来，尽管沿途风景无比美好，可当时真的毫无感觉，那跟我有啥关系，老子一身麻烦呢！

其实，西藏自驾游，美妙之处大多，实则我也真的都经历了，可是眼下的麻烦，让一切的美妙都隐身了，我只看到麻烦！

事情的后来，结局如何呢？嘿嘿，挺好的，我用了特殊的法子，搞定了，让一场大大的麻烦，化作成一个小小的虚惊，至于是如何的，这是秘密，且不表。总之，西行是美好的，不会因这样的小事被耽搁了，看诗：

西纪开天非裂土，澍流化雪亮寒青。
飘飘病草嘶风马，契契苍玄漱石经。
画刹韬云殊有顶，垂音向日漫余馨。
春湖乍暖冰肌白，一梦纡回倚北亭。

【七律】

第九章 成为一个走进社会而通行无碍的人

关于格律诗，前面所讲已经大体覆盖了必须的内容，就是说，你应该可以开始作合格的格律诗了，若还不能，我只能告诉你，你只需回头再读几遍章引的内容而已。当然，格律诗还有一些细小的问题没有讲到，比如六言的格律诗，还有押仄声韵的格律诗，这些都是特例，需要时去问一下度娘就可以了，这里不讲的。

以下专门说说词的问题，填词从格律上讲就很简单了，因为是按照词谱来填，而每一种体例的词，其词谱上将多少个句子，每个句子多少个字，每个字的平仄如何，押什么韵，韵脚在哪里，全都标得清清楚楚，你只需要按照词谱来，逐字挨个填上就可以了，但还是有需要留意之处，不过也不多，就以下三点：一是词谱，有多种选择，推荐选用《钦定词谱》或《白香词谱》；二是用韵，不需用平水韵，而是用更宽的《词林正韵》即可；三是要注意，有些词牌当中的句子有对仗的要求。就这样了，关于格律诗词，就不再啰唆了哦。

1

雨巷

戴望舒有过一首同名的自由体诗，写姑娘的，用油雨伞、丁香等意象来写幽怨，相当有名，但我觉得真不能算是一首好诗，主要是太啰唆，幽怨这种东西，不值得浪费那么多文字，因为说得多了，便成了歌颂，幽怨若成了歌颂的对象，那生死怎么办？还有，成名呢？发达呢？太多了，幽怨在这里面，实在说不上有啥重要的。当然，他写诗那时离现在快一百年了，一百年前的幽怨，跟现在成名发达应该差不多一样重要吧，所以这首诗才有名，若放现在，你得上中国好声音才行。

幽怨会产生凄美，我想戴诗人不会停留在幽怨，他是冲着凄美来的，因为凄美这种物件，非诗人不可以体察，这不是一般的美，那是由凄惨回转的美，多了一层反衬，这种美的品质就不同了，会由内向外流淌，所以那是诗人们的专爱，平常者不见得能闻到。

我中学时曾在老家县城亲戚家寄住过几年，那是个老街巷，南方又多雨，所以是名副其实的雨巷，记得时常在晚上，临窗之下在昏暗的街灯下观雨，可由于还太年轻，不知有幽怨，更无从叹嗟凄美，只是感觉到湿滑，因为窄小的街道都用条石铺成，估计都经历了数百年，所以甚为光滑。

也就是在这雨巷旁边的菜市场，那年发生了一起仇杀案，一个卖海蚬的汉子，大白天的被人当街刀斩，杀他的人是个病汉，估计是之前被他欺负够了，所以才有此一幕。之后凡逢雨天，昏暗之夜，就不太敢观雨巷了，因为会想起那大汉的死样。

现在年纪有点了，倒是常常想起以前的雨巷，不是因为戴诗人，也不是因为那个被人宰杀的大汉，而是因为它的静，雨巷的静是古怪，因为除了静，它什么都干不了，那个静几乎可以凝固，没人愿意去打扰它，当然也没人会去加深它。它跟深山老林，或者西域无人区的静是完全不同的，那里的静让人感觉不到丝毫的烟火气，而雨巷则是人堆里的极点，这样的静，有一种舍与不舍的混乱感，而在混乱中定得住，倒真是难得的景观。

好吧，我承认我说远了，都远到回不来了，只能以这首诗来结尾：

绸缪煮雨身酣去，掠巷嚣声响渐空。
惯见繁枝攀直木，何如沉水起香风。
原知一日价难值，欲破千章字奈穷。
而复生生寻物外，心旌片片退尘笼。

【七律】

2

无经

近日关于儿童读经，又有人成了热点，因为读经这件事，从开始到如今，已经十多年了，那些第一批的读经儿童，今天已是大人，他们都如何呢？遂有人翻出几个负面的例子，好一阵炮轰，中枪最多的带头大哥台湾大师，其实这些年已很少发声了，躺枪的，则好大一批。总之，几乎没有什么好话，毕竟，能拿出来像当初忽悠那样的好榜样根本就没有。

我并不反对儿童读经，我也曾经带过三期儿童夏令营的读经班，虽然带得极差，而且最终认定自己不能当好儿童班的老师，可读经本身，自古有之，没有错处。但是，凡事一求极端，那再好的事，就都错了，读经就是这样。

台湾在国学潮里出过不少大师，现在还在不断地出，当他们的名声到了某一高度，都难免要收徒，然后就开始接受徒儿们的顶礼，之后，就开始难办了，许多难以收拾的难局，都是从受人大礼开启的，这有什么道理呢？自然，只因受之难当。

国学大师，大陆本身肯定也是有的，只是极稀少了，台湾大师多，但从一受大礼就消失来看，多也没啥用处。国学这种东西，在现在这种物质社会里的存在，本身就是一个话题，而这个话题最好玩的核心，就是，学了国学到底有些什么用？这个事我昨天就问过人，他刚好去参加了一期五天的国学班课程，我问得极俗，说，学了国学，对你挣钱有什么帮助？对你找老婆有什么帮助？对你的人生成功有什么帮助？一连串的，搞到人家一下子呆若木鸡，无从回答。

从读经说到学国学，我们在谈论它们的时候，绝对是站在有什么好处上去说的，这样本身就有问题，而且这好处，往往都是集中在物质层面去加以拷问，那么，能有什么好处呢？根本就没有！所以结论也早就是明显的，也就是，国学可以进垃圾桶了。

近日开始对书法有审视，慢腾腾地去体味书法的美，之前我对它们了无兴趣的，现在倒是有一种奇怪的兴趣，它们真的有用吗？有的，因为，它们无所不在，在有中国人的地方，而且在没有中国人的地方，据说也开始在了。

文化的力量是不可以用尺子来量的，因为它们是神秘的，当它们起作用的时候，就是无可替代的，而其他任何现在貌似有力量的，却都是可以有替身的，比如钱、权、爱等等。不过，在平平常常的时候，我们更喜欢的是，那些毫不神秘，可以让我们一下子嗨起来的东西。

跟书法相似的，还有诗词文章，都算是文化中比较有形的东西，其实是较容易把玩的部分，但现在这都已经变得神秘，成了小众的玩物了，也好，你不懂我懂，你若围观，我没意见，马上就来一首：

轻凉恰意袭人袖，骇绿纷纶又一丛。
越气观书开异趣，时霖涉笔见冲融。
花须未老怜生落，病叶无经怅晚红。
又是清秋看好雨，向来好雨少随风。

【七律】

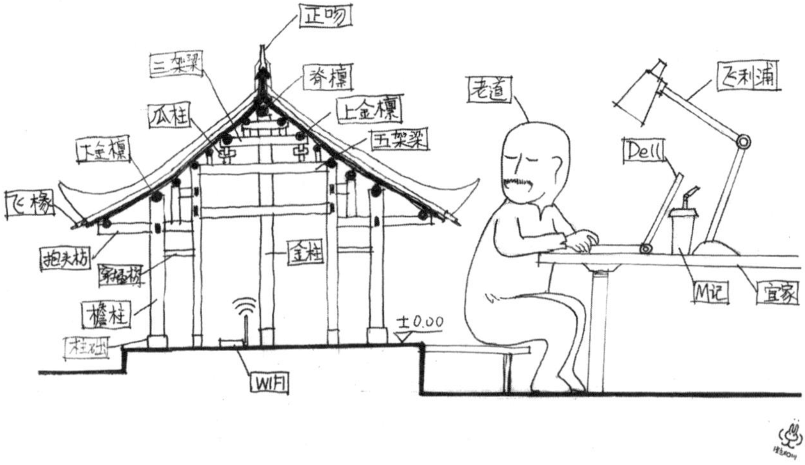

3

秋声

秋天是收获的季节，写字的人也容易笔下流水，秋虫也在这时开始发声，这季节，是农民的季节，也算是读书人的季节吧，因为真正的读书人，其实跟农民是一伙的，难怪中国人总是将耕读两字捆绑着用，原来就是有这个意思的。

前几天去购书中心买书，交款时候要排长队，就感叹着，爱读书的人真的不少啊！但是为啥满街又都是低头族呢？能够爱读书与爱刷屏两不误的，那是什么人？不过你若认真检视一下书店的书，会发现现在是快读时代，读一本书不用花太长的时间，难懂的书，往往是没人读的，因而也就可以了解，我们主要时间用于刷屏，残存的才是书本阅读时间，而真正骨子里喜爱读纸书的人还是有的，虽然不多。

过去有人讲，读书无用，这句话是对的，今天物质时代的读书，变得太有用了，它的无用的那一面，已鲜有人识之。所谓无用，是因为若读书马上就能用上，那自然是没有消化过程的使用，电影里说让子弹飞一会，对子弹尚要宽容点，对你所读的书，就不能耐心一点吗？其实我要说的是，读了的书，需要放在肚子里醇化的，一般而言醇化的时间需要很长，那样才能有真的用处，若读一句用一句，这是顺口溜，小样的，不能真有用。

书读得多了，人会安静下来，因为肚子里的货太多了，不静不足以消解，这时候，需要多喝水，多发呆，不要急匆匆地就想拿来变现，像个叫花子般的，讨到一块钱就要去鱼肉一番，那多没劲。而是由书本文字，而思考想象，然后对人物与世界，渐进式地增加认知，以此生起智慧，酝酿情怀，慢慢成为一个走进社会而通行无碍的人，如此这般，读书之功，几乎也算是可以及格了。

当然，读书也分层次的，真正的读书，那是无字之书，行住坐卧都是读书，把天地人物当作大书，这个得有眼界才行，若能如此，也无须我多说啥的了。秋天常常有图书节，农民也在这时收割，我们一起来歌颂：

千树槐花飞素白，留香七月满南城。
秋声话雨养闲岁，了落天真物命生。

【七绝】

4

得失

有朋友给我讲了以下的寓言故事，说你是一个砍柴的，他是一个放羊的，你们在山上相遇，交谈起来，话很投机，结果从天亮聊到天黑，一起下山时，他的羊都吃了个饱，可你的柴呢？故事的意味是明显的，无非是提醒你不要参加任何无谓的活动，而人家每分钟都在赚钱，你只落个白搭。

是这样的吗？当然是的！若你只是站在砍柴的立场上。我想这是许多小老板的告诫，他们一般都不会去吃这样的亏的，因为太明显了。这就是小老板之所以是小老板的原因，不只是能否吃亏，而是眼界问题，一世只盯着砍柴，而没有其他。

今天我们的首富倒是给出了一个基本的眼界，就是开始创业的时候要有一个小小的目标，那是什么呢，就是要尽快赚到一个亿！这个目标，单靠砍柴几乎是不能的吧？所以我们要学会超越，想想做什么才可以很快赚到一个亿，放羊可以吗？估计也难，也需要超越。因而，故事中的两个主儿，以首富的标准，都还差得远，所以，故事并无具足可以学习的经验。

那么，关于砍柴，关于一个亿，要如何超越呢？那得看你需要什么，其实你不说我也晓得，你需要钱，需要多多的钱，肯定是没猜错吧？你若承认了，那就简单了，我只能告诉你，你将永远无法超越。为什么这样说？当你在拉屎时，而且你还患有便秘，我若给你讲美食，你会烦我，也肯定是听不进去的，这就是你死死地站在砍柴的角度，而去点评人家没有任何身份分别的开心地聊天，你同样是会烦的。还有那一个亿，首富在这个时候，其实也只是个砍柴的。

生意场上的人，往往容易迷失在得失里，因为都认定自己永远是个砍柴的，若他能稍稍松懈一点，认为聊天其实对砍柴是有帮助的，或者砍着砍着就变成砍钱了，那么，得失之事就会上层次，当然，得失还是会有的，我是说，会上层次，那样，你若再遇到那个放羊的，你就会比他更积极，你会拉住他，聊他个三天三夜的。

好嘛，天都已立秋，我们不要讲得失了，赶紧去收割吧，要不，天就凉了。这首七绝，以叶对木的告别，能读出人对得失的告别吗：

只曾介静阅青黄，皓袖长怀九里香。
日今廊叶辞秋木，此去分阴迭迭凉。

【七绝】

5 迂阔

今天来说一个非常猛利的话题，叫做思维力。我们今天所能看到的人的造作，已经可说得上极之堂斋，所有这些，让我们直接能看到的，都源于人的思维力，如科技的发展，管理的周全，让人生活于世，便捷、高效、舒适、享受，再想想原始社会的人，相较之下真是不可思议，你会惊叹于人的思维力，那是创造奇迹的源头。

不过，这是假象！因为有一句话说，人类一思考，上帝就发笑，这句话的出处在哪里尚不得而知，但大家是相信很多年了的。本来说好让思维力成为人类一切奇迹的源头的，可上帝一发笑，就瘪了吗？哈哈，那倒没有，不过也光彩尽失了，可无论如何，思维力，照样还是有市场的，因为，那明显是需要的。

以前看过一部英国电影《香水》，里面的男主角生有异禀，对香味有极之敏锐的嗅觉，他很早就发现，用语言根本无法完全描绘香味的妙境。我想这样的例子是很多的，不止于闻香。那么，这跟思维力有什么关系？关系大着呢！当然，我的意思不是思维力强大的话就可以描绘香味的胜境，而是刚好相反，正是思维力的强大，会导致人无法完全得到香味的妙处，也无法得到其他的妙处，换句很屌的话来说，思维力会让一切妙处消失！

别以为我把话说绝对了，其实我很正常，因为我非常清楚那是两个相反的方向，南辕北辙，它们到达的地方不在一处。

我学理工科出身的，而且拿到正规的工科硕士学位，思维力受到过严格的训练，也知道到达思维的高处有一定乐趣，但那不是妙趣，那个乐趣太清晰，进入不了玄妙。而不经由思维力的妙趣，就像那位香水主角一样，他的妙处离开语言很远，告诉不了你，那是一个思维与语言永远无法到达的禁地。

当然，一些能得到大妙处的人，也会尝试用语言来告诉你他的乐处，但一般都很迂阔，你不见得就容易领会，不过也只能如此，说多了反而更不能让你清楚。总之，当你习惯于一切都以思维力来对待时，你就只能，终其一生，做一个了无所趣的人，那本身是一个悲哀，不过更大的悲哀却是，你并不认为你是悲哀的。好的，远离思维，才可以还乡：

计合出离咸未央，亦曾骁勇几阵亡。
经大如风致传远，道行迂阔却还乡。

【七绝】

6

裹挟

关于小小的人生目标一个亿，近日已经初见成效，目测已有无数的人被裹挟。不过，我们的次首富第二天就站出来发了话，说幸福的人生其实只需要月收入两三万元，然后有一个小房子，一部小车就可以，钱若多于一千万，就会有麻烦，到了一个亿，则肯定有大麻烦。这话显然是有针对性的，这又是另一个裹挟，马上又会有无数的人入彀。

社会生活里，这种被裹挟是经常态，人打从懂事始就开始被各种观念裹挟了，然后就开始一生的随波逐流，那什么时候才能出彀呢？恐怕没有这种时候，这是对大多数人而言，因为我们最终习惯了被裹挟，不会再有什么意见的，而且若有人要你出来，你还会恨人的。

讲一个例子，体育世界，那是风光无限的世界，人人都会以为那是力量与美的场地，不是一般的人可以介入的，需要有机会，也要有才华才行，其实这是表象，绝对的表象。有人深入探研过体育界的内情，结论是惊人的，指出那只是人欲与兴奋剂博弈的战场，我们在那里看到的所有的健康的美，都是忽悠，目的都只有一个，就是有人埋单。而且，这种情状并不是近代的事，而是自从有体育比赛开始就有，追溯其缘起，已经有2000多年。

国外的就不说了，我们自己国家的，十多年前的马家军你若能记起，不妨再去关注一下，他们就是一个典型，据报道，马家军的那些冠军成员如今已经出现种种的后遗症，有些惨不能忍。

体育界的这种事，就是典型的裹挟，我读大学时曾是一个出色的业余运动员，保持过四川省大专院校男子跳高纪录八年之久，只是身高实在不搭，要不就差点成了专业的了，因而对体育那点事是了解的。进入专业体育生涯的人，全都是被深度裹挟者，为了挤进塔尖，你必须得不间断地被裹挟，因为，可以这样说，今天我们所能看到的体育项目的纪录保持，它们的主人全都是不可能幸免的主儿，你凭什么可以超越他们呢？难道你说，你得了病是可以不吃药就能好的？知道药有多强大吗？哈哈，别单纯了。

当然，在裹挟这件事上，并不是完全没得选的，可这样的选择，也许得有代价，这代价可能还不小，你不见得能承受。代价是什么呢？就是下面这首诗说的那个，只能慢慢悟：

西照从流不倩，孤烟化去无来。
风花已过云尔，贵爱缘生具灰。

【六绝】

7

噶住

我一直都甚佩服能噶得住的人，可惜现在这样的人真的极稀少了，近日倒是有两个杀人犯被冒了出来，一个噶了二十八年，一个十六年，可这样的人，怎么也不能让人佩服啊？毕竟性命攸关，死憋着，跟噶得住不相干。难道广漠的人众，除了杀人犯，真的难找到噶得住的人了？

另一种噶得住的类群是闭关者，有一个叫做火风的人做过专门调查，发现闭关超过五十年以上的都大有人在，不过这种人已经不同于平常者，他们甚至都不一定可以用人来称谓了，没有可比性，姑且不论。

还有吗？没有了，起码我是没看见了，看见的，都是噶不住的人。

现在的社会，早已经不是成名要趁早那个等级了，而是比拼极速的时代了，几乎所有人都觉得，慢腾腾就等同死路一条，在抢钱之路上，已经没人欣赏那种“于万人丛中取上将首级如探囊取物”的高妙，现在是杀一个算一个，管他上将下将的。

于是乎，我们就看到，一些人连对联都分不清上下就敢开国学馆，一些人今天收易经弟子，明天收书法弟子，后天收武术弟子，最后还宣称是道教某天尊的传人，开门收徒了，如此嘴不住的人，还真有人敢信，这是我不得不服气的地方。

社会由广告时代进入到忽悠时代，那是有深厚的社会基础才可以的，这个基础与嘴不住倒没啥关系，大家都一样，有一分的功夫就敢当十二分来使，因为，没有人愿意坐冷板凳，唱不了主角，存在感也要天天刷。

我相当地怀疑的是，是不是不这样，就真的没饭吃了？好像也不是的，也有不少极低调的人，人家活得也不差呀，只是，少了那么一点热闹，多了那么一点寂寥，可真正的滋味，到底谁多一些呢？只有自己知。

当然，以我的选择，是让自己能静下来，转而去品味一些只有入静才可以够得着的东西，但我还是经常会被现实拉回来，而且大有回不去的趋势，因而，就感觉到那个珍贵，两种境地所见是不同的，现实是真实而骨感，寂静则澄明而舒坦，我就只好两头奔波，当然也不亦乐乎，这就是许多人的人生写照，迷恋胜境却又不舍烟火，这如何是好呢？词云：

空影枉来归，戴月云头上，雨后江风一盏灯，兀坐何相忘。

闲岁始开天，爱染尘千丈，夜话惊春几度秋，自顾犹低唱。【卜算子】

8

秋姿

母校电子科技大学今年过六十大寿，而我1986年本科毕业，离校正好三十年，学校发来通知，要我们回去参加大庆，不过这个事，看看吧，去与不去，好像不太重要。

我没到十七岁就进了这个学校，然后又因参加体育比赛受伤，休学留级连轴搞，多待了三年，最后还回去读研，又搞了三年，我跟这个学校，真是缘分深了去，可是，说实在，并不是太有感觉，因为我压根对理工科没有兴趣。

对学校没感觉，对同学倒不会，那是青春的共见者，印象太深入，现在虽都准老头了，但一见面了还是会有回到从前的感觉。那个时候的氛围，跟现在显然是不同的，你会感觉到一种不能回头的失去，并不是说现在的不好，而是，那个时代好或者不好的标签，已经相当模糊，以至于起了包浆，拿在手里，就像我的念珠一样，人家都说很值钱，而我只是把玩，那个感觉是特别的神秘，就是好到坏坏的那种，你懂的。

而校庆，就不会产生这种感觉，反而我要去参加的，是同学聚会，要的是那种把玩包浆的感觉。

离开学校那么久了，人到中年，季入秋姿，其实现在的一切，跟学校的关系都不太大了，我本身是一个特殊的例子，因为我完全没有干过本专业的活，所学全都一滴不剩地还给了学校，其他的同学，当然有完全吃专业饭的，可比例较高的，应该是与时俱进的结果——学校只是给予最基础的训练。

我们学校的专业总体，刚刚好是目下社会最需要的结果，所以学校在这二十年得以大行其道，发展极之迅猛，这当然是值得高兴的事。现今是网络时代，许多大型机构的中高层里，都有我们的校友，他们是这个时代的精英人物，但是，过于科技了，也不全是好的。

这个道理当然是明显的，学校如今也开设了比重很大的人文学科，这是我最愿意看到的，有机会的话，我当希望为母校出出力，我致力于国学教育多年，已经为不少企业带去合适的课程，这个倒成了我的专业了。

以前在学校里以不务正业为乐子，经常诗词歌赋，今天借此机会又来上一首：

去日吐秋姿，知还癸巳迟。
疏怀犹劲气，复引旧人诗。

【五绝】

9

世涂

有人问，什么才是最正宗的中华文化？这其实是一个不太好回答的问题，因为太大，难以简单总结。但若要了解体味中华文化，入手的地方却很多，比如你可以从书法入手，可以从诗词入手，甚至可以从使用筷子入手，当然，最全面而专业的方法，是通读经史子集，那是中华文化的大成所在，也可以说是人类文明成果里极之珍贵的所在。因而中国人的确是有福气的一个群体，因为我们离那个所在最近，几乎是伸手就能够得着，只是，我们不一定这样看，也不见得都这样干，守住宝山而不用，也是一种活法。

前几天有朋友拿了一本她的朋友的诗集让我看，还要我点评，我自然高兴，热爱中华文化的真是大有人在，你看诗集都出了，可一拜读，就说不出话来了，朋友逼我点评，我只好说了一句：他词汇量不是太够，不过他作的诗词都是有格律的。言下之意，是此人读书的量不够，涉猎不够广，用大白话来写诗不是不行，而是要够高明才行，打油诗本来是想表明有文化的，可效果往往相反，我只能建议先噙得住，多读，然后才写，而格律只是技术，那个一学就会，不需要文化的。

我们行走世涂，需要两样东西，一是勇气，二是文化，当然，你只有两个之一也是可以的，但就不圆满了，就像一部汽车里，有油门，有刹车，只有一样能行吗？文化不一定等同于刹车，但文化的确是让你慢下来的东西，你可以不用刹车就慢下来，那更需要有文化。据说英国皇家招募司机首先要考一样，让你开车从伦敦的东边开至西边，穿越最繁华的地带，在规定时间内要到达目的地，但重点却是，这个过程中不许踩一次刹车。这个文化就大了，光有勇气的人生，成本会很高，有文化则会很省油。

有一句名言估计大家都读过——世上有两样东西不可直视，一是太阳，二是人心。太阳我们知道是不能的，可人心呢，怎么直视？找不到方向，盯着心脏的位置肯定不对，但人心在哪里呢？其实人心就是世涂。喜欢读历史的朋友应该都清楚，其实历史是最不经读的，因为读着读着就读到自己身上，或者读到自己身边朋友身上，原来我们就是历史，正在发生的，早已发生过，未发生的，跟眼前发生的一样，这就是世涂，也就是人心，不能直视，是因为不堪直视。

说东道西的，就是想说，世涂人心就是历史，之前对学历史有过说法，但不全面，古人说读史可以知兴替，知兴替则大体可知人世的苦乐，然后才能懂得取舍，你的人生才可以过得自如。

学习中华文化，就可以得到这个过程，当然，你完全不学也会有你的过程，只是你要的是自如，那么，我的建议是一定要学，别可惜了自己，你离宝山最近的。

旻天登岁藉高风，肃爽时来休气逢。
香岫森疏云画虎，淙泉僻隐雨泥鸿。
烟萝青巘差成独，饮谷顽夫何有穷。
谁昔优犹新过耳，世涂每每一如同。
【七律】

10

自在

一般而言，自在会被这样来定义：我想干什么就能干什么。或者：我不想干什么就可以不干什么。这样定义的自在肯定最终让你周身都是麻烦，因为，你将核心落在“我”身上了，这个我固定了，不说麻烦，一颗微尘经过，也会落到你身上。

当然，做到无我，那是大自在，那不是我这里说的俗人的自在，俗人有自在吗？有的，这个自在就是：没朋友！

我知道你一下子是不会同意的，但慢慢道来，你会举双手双脚赞成。我们在这个世界上有种种的追求，金钱、权力、美食、美人、被爱、被宠、被赞、被拜，可是你回头看看，那里面，有哪一种是让你自在的？你得承认，它们都很重口味，大凡重味的东西，是绝对不可能让人产生自在感的。

中国古人的追求也有许多，但较为统一的一个追求是成为一名君子，关于君子有一句名言：君子之交淡如水。没错吧？好咯，那就是没有朋友。君子自不自在呢？可以这样说，要成为君子有许多条件，可是只要自在这个条件你未有达到，那你就还不是，哪怕你其他的样样都貌似了，也不是。

由此可见，中国人的终极追求就是自在，而不是其他的，但为何又有四海之内皆兄弟的说法呢？不是说没朋友的吗？那是两件事，不可混淆，君子的没有朋友，并非是真的没有朋友，而是与朋友的关系里，主客关系中主的角色淡化了，就是说，你要关注朋友，而尽量做到让朋友忘记了你，甚至你只在需要存在的时候存在，不需要存在的时候消失，这才是没朋友的真义。而四海之内皆兄弟，则是你完全没有敌人，哪怕人家以你为敌，他也不是你的敌人。

这样的自在，自然非人人可得，那是当然的，成为君子是中国古人一生所要追求的目标，而成为首富，成为主席，都不是，因为到了首富与主席，往往还有成为君子的需要。那么，要成为君子，有路可走吗？应该是有的吧，我们不能就白白地读了许多书的。

漏夜时分消节气，调停宵雨细留音。
纷花闭落因人静，肃水无言遂感侵。
岁月周流翻旧叶，秋风抚壮飨初心。
拟将自在辞宾客，经日长歌翰墨林。

【七律】

第十章 希望一切与你所相关，全都匀净、香鲜、柔厚、冲谧

格律的诗与词，都要讲完，这最后一章，说说这之外的，因为这一章出现了一首长长的诗，叫做箜篌引，那是什么东西？我们下面简单介绍一下。这里先声明一下，我说格律诗词，并不是将之外的都否定掉，在中文的文体里，就诗歌而言，格律诗词在数量上，并不见得占有多大优势，但就影响力来说，的确是最大的。

格律诗，专业用语叫做近体诗，那是宋人所定义的说法，因为格律诗主要出现在唐代，而在唐之前，有相当数量的古诗，比如著名的古诗十九首，还有一种可以跟古诗媲美的，叫做乐府，本书这个章节里的箜篌引，就属于乐府。乐府与古诗的区别，其实不大，只不过它的特点是，主要用来吟唱，而且它里面的体裁繁多，很难归结出一种规律来，唯一能辨认清楚的，就是它依然是韵文，它也是需要押韵的，比如这首箜篌引，全诗四十五句，不讲平仄对仗义，但押韵，而且，是句句押韵。古老的《诗经》，就是乐府，好多人以为诗经里的诗是不押韵的，其实是不可能的，只是过于古老，那时的音韵跟现在相差太大而已。好的，关于诗词，说到这里也差不多有个大概了，希望这个缘起是真——你会成为一个诗人吗？

1

契阔

世间的离合常有，也算是一种痛，因而离情一直是文学作品里的常见题材，尤其是男女之间的离别，更是如歌如泣，不忍直睹。可到了今天，这种事情好像要有所转变了，那是时代发展使然，往往由不得人。

近来有人专门做了一个调查访问，沿街随机找路人询问，问题只有一个：若马上给你一千万现金，你愿意与你的伴侣分手吗？结果，凡是女的，都愿意，而男的，都不愿意。这个结果有点令人费解，难道，女人都比男人薄情？换另一种情形，应该是男的才对吧？

其实，以我对现今的人种的了解，十有八九，都会选择要一千万，只是女人比较感性直接，男人们比较会装一点。

难道，我们都变得如此金钱了吗？曾经如歌如泣的离情，已经完全与今人绝缘了？我相信并不完全如此，但是，你不得不承认，现在的三观，的确就是这样的了。

一千万，那是什么概念？意味着此生的吃喝应该是没有问题的了，况且还有多余的，这个问题对现在的人而言，真是相当的大啊！我们都非常辛苦，房子买不起，车子用不起，还有无数的名牌服饰等着付款，读书要交巨钱，生病也要交巨钱，而且往往还没交就被骗掉，所有这些，没有一千万能行吗？至于吃喝，那倒是次要的。

如此说来，你是应该理解的吧？这各种问题堆积如山，那离情，早不知放在哪个角落去了，因而，你最好马上送一千万过来，我可以跟任何人告别。

你可以说，我们都是病人，而且都已经病入膏肓，无药可救，其实是没人想要被救，因为这种病在我们的感觉上，它已不再是病，就像我们都得了黄眼，看什么东西都是黄色的，然后久而久之，红色是什么就不再晓得，你说，有什么损失在里面吗？似乎没有，这样一说好像也是挺有道理的。但是，真的能这样吗？甚至死到临头，也这样？恐怕不一定吧？

说来道去，坚固于物质的视角，肯定只是一个死胡同，在那里的得失，到某种时候，一定是轻的，而没到之时，它会很重，重到让我们完全失衡，让我们以为，一千万真的可以成为完美的解决方案了，呸！醒醒吧。

自古别离多冷痛，都说契阔无常。缘来缘去谁主张，忖因缘几许，化万世悲伤。

成败由来听妄断，奈何可问周郎。漫回江海话炎凉，人前人后事，休咎转头忘。【临江仙】

2

薄夜

长夜里袒腹而眠，鼾鸣如雷直抵天明，这是好多人年轻时的猪样，但现在不行了，因为经常性地熬夜，今天的人们将好好的酣梦睡成了薄夜，到白天则昏昏暮暮，坐个公车地铁，上个课堂会场，耳边任千万人嚷嚷，都可以粘臀立睡，东歪西倒就是不醒，这是薄夜之人。

问题更大的是开车，好多年轻小伙说，不能超过半小时，之后随时可以秒睡，以至于满大街上跑着的车车，过半数的司机正在半睡半醒之中。我时常感叹，作为老司机（注意，不是娱乐圈说的那种哈），我尚能持十小时以上之久而不歇，而比我年轻许多者，他们说自己不行了，显然，都是薄夜之人，他们往往是熬夜高手。

古人说人生得意须尽欢，莫使金樽空对月，现在没得意也要尽欢，因为我们比古人多了一个空间——网络，可时间还是那么点点，只好昼夜不分，在两个空间里来回穿越。

因为不能睡，长夜成了薄夜，以前的漫漫长夜的思念，成了今天薄夜无眠之苦，哪一种更痛呢？这个不好说。之前说过，人的历史本身就是一种反复的轮回，虽然貌似过得大不同了，但痛与苦是一样的，为什么呢？因为欢与乐亦是一样的，人的所有感受，并不会随着时代的漂移而多出什么，更不会少了什么，只是我们认为是可以的，所以才会反复折腾，若真的相信结局总是那样，我们就是老子了。人家老子两千多年前就说了，小国寡民鸡犬之声相闻老死不相往来，那才是理想的人生，两两相比，我们反道而行，已经走了好远。

在我很小的时候，那时还没有电视，电话也只有单位才有，晚上的娱乐节目原则上是没有的，但久不久会有露天电影看，可是看来看去总是那几部老电影，像什么地道战地雷战南征北战的，都看出老茧来了，照样看得兴高采烈的，快乐的强度，比现在要大得多。

这样的生活已经离我们很远，我们需要更多的变化，这表明我们的心与欲，有了更深更密的躁动，而难以消停的，是为了迎合这个躁动而不断进步的社会，那是进步吗？

我相信大家都看到了这是道无解的题，若当真要解，有一个唯一的，就是就着这薄夜，到江边去吹吹凉风，而已：

欢尘叠涨红，远近况成空。
休思胡可得，薄夜悄鸣风。

【五绝】

3 眷心

中医理论里有一种说法，说轻身重财是一种病，而且，这种病不能治。可是，我们现在所看到的，这种病就是常见病，那么，结果呢？的确是产生了品种多样的不治之症，可见中国古医的高明。

如今的年轻人，为财打拼不惜身者是多数，本人也是这样走过来的，这个世界鼓励你要玩命出人头地。成功学在我刚走进社会时盛行，现在虽然式微了，但现在的现实更比我们那时严酷，不打拼都无法生存了。比如，我们打拼的结果是能买到房子，现在的打拼只能保证你可以刷屏。时代虽然不同了，可是打拼的战车，只会一直升级提速，已无可能停慢。

后来我才知道，打拼与发达是两条线，它们不平行，但也不注定要交叉，因为都不是直线。换言之，大发达的人不一定是打拼控，极潦倒的人也不见得是真懒汉。那么，你将你的重点放在哪里？你的眷心如何安住？这是个难题。

其实若能暂时抛弃金钱权柄男女饮食这些极具真实感的器物，透过它们去窥探其背后的真面目，你就很容易知道不可以将眷心让它们来安放，因为那些东西全都不保质，会过期而腐烂发臭，而你希望一切与你所相关，全都匀净、香鲜、柔厚、冲谧，那么，哪里才是这样的处所？于是有人进入山林，有人赖在书斋，有人随波逐流，有人动中求静，总之都在求止于安稳，可惜，几乎都不太可能成功。

当然我亦不知道那么好的地方在哪里，因为我一样在找寻，但我相信它是存在的，而许多的人，是不相信的，他们倾向于认为钱可以搞定一切，或者权，或者爱，或者情，总之是那种现在就可以把握的东西，其余的太虚无，他们没兴趣。

以前曾经听到一个文人，也是一位非常好的古典诗人说过，诗词只与高贵有关，庸俗者不得其味，当时我不以为然，后来慢慢在想，若诗词都不高贵，那么世间的高贵之处在哪里？再回观刚才说到的安隐，其实也是一个对高贵的诉求，高贵的眷心，当是君子所应处之处。

不过，除了诗词，除了中华文化里的形而下的种种美不可言的所有，我们基因里真正高贵的是道，中国人的道，这个自然是甚深的，且不论，以一首长调，来唱和你那高贵的眷心：

瘦月低回，烂银游雾，花漱仙涕。寝树惊云，丘岑掠雨，跌水如登地。荒园僻径，追风觅道，垂叶坠红无计。向空明，天青若镜，湛溟吹万都弃。

微明浅发，风花因对，竖垢适归无始。身外江湖，昔时光景，传说宁相似。今无喧梦，碎风枯影，沙劫可谁依止。只相问，眷心自在，庶几听兑。【永遇乐】

4

疏音

每当月圆之时，我们赏月饮酒，探花食肉，甚是热闹喜庆，可就是少了一样——听音！听什么音？听疏音。

月圆不只是眼睛看得见的圆，它还有着其他更丰富的含义，甚至，它会发出声音，只是你不一定能听得到。这才是之所以月圆显得那么重要的原因，不要只是看到表面的那些热闹。

世事也是一样的，表面的热闹之外（哪怕这热闹里也有声音），同样有疏音，所谓疏音，就是稀有之音。

世间里什么才算稀有？我想这是个常常被忽略的问题，因为，稀有，并非我们追求的东西，我们所热衷的，是人人都想得到的东西，这跟稀有完全不搭，所以，稀音几乎少有人能听得见。

我们一般都惧怕发生坏事，更惧怕原本的好事，却在意料不及时变成了坏事，当然，最最怕的，还是死，我们怕死，以至于见到死也害怕，这些，用一个佛教名词来说叫做无常，我们怕无常。可是，有智者却说，坏事与死，只是无常的一个面向，它的另一个面向是好事与生，那有什么可以怕的呢？这是我们往往听不到的。更让我们听不到的是，这位智者接着说了，其实无常是好消息，即便是坏事与死，也是！这个怎么说——这便是疏音，我们能听见吗？

古哲们还常说，安静与少欲才是人生之福气所在，这也是一种疏音，因为没有几个人愿意去听。为何要这样说呢？这些古哲们难道就不晓得热闹与纵欲的快乐吗？其实，作为人本身，永远都无法摆脱与生俱来的恐惧与愤怒，无论人类多么地努力，拥有更多的物质财富，让我们生活的世界来得更加便捷与舒适，更能测度与把握，可我们的不安全感与世界的不确定性却越来越强烈与明显，而反观安静与少欲，则能让这些都消失。

我在大学时曾读过一篇科学家的论文，说到今天为止，物理学上的所有难题都已经解决，从理论上说，人类已经可以完全控制这个世界的一切，当时感到极为兴奋，但半信半疑。其实，当我们耗尽心力让世界变成完全的可数可量可见，那时生命的意义将失去，而这一切背后最难以测度的力量，将无人有兴趣与好奇去知晓，这就到末日。

疏音，何来之？何得之？且吟诗：

月起暖荒寻，风沤拭水心。
天门今静落，何处响疏音。

【五绝】

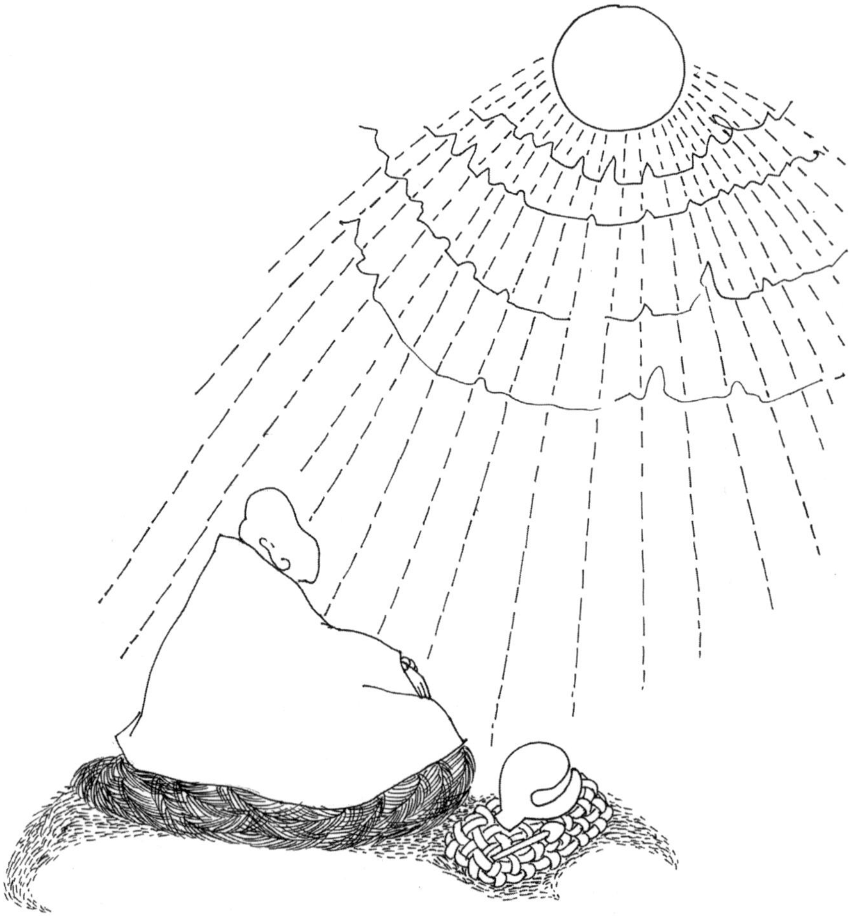

5

枭枭

读小学的时候，那时完全没有古书可读，但有一天我的同学兼好友说他家里有一套三国演义，遂去他家，从阁楼里翻出满是灰尘的古书，一看，民国四年版，竖排繁体大小字，兼带绣像，我的大爷啊！真真如获至宝。借回家后没日没夜地翻看，可同学说只能让我看十天，乍办呢？就决定抄（那时哪来的复印啊）！连绣像也临画下来。结果，好一顿辛苦，利用课余之时，十天内抄到第十七回，同时也读了一小半。这是我小时候做过的比较疯狂却又最有意义的一件事，以至于，现在所从事的工作，若说缘起根本就是这一件事。

那次读三国，印象最深，是曹操这厮杀吕伯奢全家的事，人家盛情款待，磨刀杀猪想请他吃大餐，没想到被误以为要杀他，遂将人家一家八口全杀了，搞到陈宫本想跟定他混饭吃的，也给吓跑了。这在我小小的心灵里，留下了一个难以磨灭的腹黑手毒的枭雄印象，甚是糟糕，以至于将曹操打入黑名单许多年。之后读了三国志，才发现根本就没有那一回事，罗贯中同志，真是坑爹之人啊，冤了曹操千多年，该当何罪？

后来读曹大人的短歌行，才知道这是个真性情的人，成就世间事业，曹哥真是我的榜样啊，可惜明白得太晚，只好在心里慢慢佩服了。

一个真正的诗人，又能成就大业的，古代很多，曹哥是老大，曾国藩算一个，现代的几乎没有，丘吉尔勉强可以算是。为什么会这样？因为古人讲性情，好性情比发达更为重要，现代人讲欲望，欲望通行无碍才是人生的高地，故而，在今天讲性情，就会被人认为无能，诗人不能养活自己，已经是近百年来的事实了。

前些天给同学讲诗词的作用，引用了一位当代诗人的话，说诗词除了高贵，与他物无关，是这样的，追求高贵当然不会被人拒绝，但太难，而发达容易，所以现在的人，都将目标定为发达，高贵则暂且放一边，等发达了再说。不过，真的发达了，可能还嫌不够，这是多数人的情形。

今天秋风起了，屈原诗曰：枭枭兮秋风，洞庭波兮木叶下。诗意为清秋之下，枯叶飘散，零落各方，有意气消沉之感，正如曹操歌曰：譬如朝露，去日苦多。人到中年，季至秋天，的确如此，只是，还有疏音可听，如此，就没啥可惧也。以前读曹操，写了一首七律，尽管不够快意，也拿来一笑：

旧曾乌合青州众，睥睨繁雄把古今。
孰意呈威官渡计，逶随忍辱华容擒。
慨慷横槊建安骨，吐哺养怡天下心。
堕纪枭枭风掣下，滔滔一世短歌吟。

【七律】

6

圆缺

世间的人求圆满，而佛教的至高境地，也有一个大圆满的说法，只是此圆满非那圆满，各自表达，互不相关。因为不能圆满，世间人会愁、怨、恨，步步升级，而佛教的大圆满，会让人一直顶礼，再辛苦亦无所怨，这个我是试过的。

由于人世间的圆满难以实现，我们就对月亮产生了寄托，月亮本无圆缺，可在我们的视觉上是有的，每每月圆之时，我们就会对将来之缺产生恐惧感，须提前一步对圆满作出专门的安排，所以，我们过中秋节。在这个月圆节里，将一家大细拉在一起，吃一些圆形的食物，然后对着圆月吟诗赋词，将大家的情绪维系在这一刻，关键是要记住，明年此时，还要重来。

我对中秋节没太多的感觉，原因是我不太爱吃月饼，反而是端午节我必须过，那是由于我是粽子控。这不是讲笑话，实情就是如此，而且，自从我开始吃素，春节也不喜欢过了，因为大鱼大肉几乎就是春节的主题。我这个处女座的，有时候是相当较真的。

那么，我有喜欢过的节吗？没有，正如我没有一个固定喜欢的地方一样，哪怕我年年开车入藏地，那也只是喜欢这个过程，开车翻越大山，超级危险的大山，或者，独自穿越几千里的无人区，这是我有体力时禁不住要去干的事，至于到了目的地，我又像要过节一样，了无兴趣了。

说这些我是想表达一种情形，就是追求圆满，哪怕是世间的，也有种种不同的路子，过中秋只是其中的一种，当然，在我看来是微小的一种，远不如我孤独一人在路上的感觉圆满，那个时间我是治愈的，完全不需要用月饼做药引。

好吧，我承认有些扫兴，这等于我千辛万苦从藏地安全返回，不单无人喝彩，还被奚落一顿一样，大家好好过节，品尝圆满，我却不唱唱赞歌，那不太像话。我要唱的，而且唱一首长长的，只怕你没耐心吟唱，且看：

明月千里挂浮舟，浪闻四方起清讴。夜上连城已喧啾，等头空妙废吾愁。风云纷纷摧危楼，虚室回音擘箜篌。拊和如歌玉簟秋，烟鬟千般玉搔头。倩盼含波复从流，慵娇媚行天垂休。求思不得夜不收，轮辉破空照旧丘。高鸟倾沦白鹭洲，长风万里飞云裘。顾君一刻惊韶羞，花事万千且回眸。情海淹迟宁泥牛，甘露浇心奠枯喉。几经蹇难爱咿嚘，漏夜清光何恩雠。一路风袖芳物留，乃今尤为心底游。珠履盈门曾沸稠，孟贲不避弃兜鍪。久旷烟月怯觥筹，百年孤伤莫浪投。居游月户坐相优，独得云窗难要求。豪家何至作楚囚，风怀无餍入曲幽。便将相思寄金飀，望云思莼写我忧。玉田秋杀成荒畴，落日黄花枉追搜。金帐不销百世谋，海市无虚有良俦。人生八百失暖柔，天地荒阴如月钩。世事圆缺知因由，千钧何尝不蚍蜉。秋气无端渐隳抽，乱云柯叶覆壑沟。陌尘坌沓御戈矛，月圆一曲赠阿侯。与君偕乐万年不。

【箜篌引　中秋夜步王昌龄韵】

7

乖疏

下面的这首七绝，有朋友说是一首好诗，好在读罢了，一种乖疏久旷之感油然而出，用词雅远不僻，气顺脉张，可以出得台面。其实，我想说的不是诗好，而是乖疏这种情绪，它不是常常就有，可一出现，便能抓得住你。

现今之世，已经是拥挤不堪之世。在广州上飞机，起飞后飞了半个小时，下面的房子还是密麻不稀的，我曾为此感叹了许久。走在街上，人与车都几乎个个紧随着，天上塞满的是雾霾，地上的河沟则是浓稠的黑水，无论在哪里，你都感觉到窒息，就连呼出来的浊气，也似乎无处安放。还有，手机上的信息，电脑上的信息，街上的大型视频广告牌，电视上的广告，可以整天占用着你的眼睛。此情此境之下，你跟我说乖疏，的确不对频道。

著名的纳兰词说：人生若只如初见，何事秋风悲画扇？秋风一起，扇子就没了用处，可当初用扇子的时候，那真是爱不能无啊。不过，扇子还没啥，秋去冬来，来年的夏天，你还得用我，不像人老珠黄那样，回不了头，这样的乖疏，可真能要命。

生命里因为有了初心，哪怕现在不行，未来不明，也会远离沉闷，至于初心是什么，倒不是最重要的。我们若有闲时，就会经常回忆过去的种种，好的都是陈酿，不好的也不是潲水，那个回味的滋味一来，乖疏就出现了，这会造就一种时空的折叠感，我们的心就在三维与四维空间里来回飘荡，此时，生命因乖疏而常新。

其实，乖疏一般而言带的是负能量，可因乖疏而见到初心，就不同了，因为，有些情绪经过阔别，就有了酝酿、滋养及升华，这时的回眸，你就看见了叠加的你，初心，那个始点，原来是那么的惊艳。

人的一生，经历是溢不可数的，但能够什袭而藏的就不多，那些已成铭记的人事时空，构成你人生的坐标点，由它们画出你一生的轨迹，可以乖疏，但不会磨灭，诗曰：

隙地乖疏许有年，风华件旧讵茫然。
经尘冗细些何在，唯记其时八月天。

【七绝】

8

欸乃

当一个人被钱财所宠私，或者为权力所滋养，到慢慢成了平常事，他就可能会转向，开始追求高贵。可高贵与钱权是不同一类的东西，不能由它们购买而得，需另辟蹊径。那么，何处可求？我可以告而知之，不过，估计无人肯听，我就姑且一说，你或许就姑妄听之好了。

也很简单，你去做一件事就可以了，什么事？到波涛深处去——听欸乃。欸乃，过去以为，这个词只是在木船上弄棹摇橹发出的声音，其实早就不止这些了，它的含义已经极为丰富，丰富到可以将你领向高贵。

前几天出了趟差，在机场候机时，忽间心有恻异，就随手写了一首自由体诗：我将要飞向/另一座陌生之城/就像一颗雨珠/滴落沙漠/却梦想着/流向大海。这首诗表面所看，只是一粒水的梦想，其实隐含着深深的悲情，因为，对大海的向往，如果横亘着一整座沙漠，是难以到达的，何况只是一粒小小的水珠。

世间一切高贵的底色，都与悲情有关，对世艰的悲叹，对人世的悲悯，让人暂时忘却一己之私，而将眼光与心怀，投向对一切厄难的救赎，高贵之情由此而生。不过，若只是高贵之情，并不足以让人真的高贵起来，那只是一个起点，通往高贵之路，往往漫长。

世涂之漠，最是让人容易迷失，一滴水进入沙漠，跟人进入一个永远出不去迷魂阵一样，在里面耗干损尽。我们稍作自视，再环顾一周，会发现众人大体上都是沙漠里的小水珠，那么，人世的沙漠在哪里？就在我们的眼底之下。走遍全国，一样的机场，一样的高速公路，一样的城市摆设，一样的小区，一样的超市，一样的影城，一样的公车地铁，一样的柜员机，一样的公厕……总之，它们都是沙漠中的沙粒，能不一样吗？要穿越这些走向大海，可真不容易。当然，此大海非那大海，你懂的。

不过，亦正如此，才是产生悲情的原因，但这里面需要有一个唤醒，所以，要去到波涛之深处，去听到欸乃之声。那声声欸乃，让多少诗人为之得已，也让多少读到诗歌的人为之得已，尔后，高贵之得已，便有时可待了。诗曰：

江畔纤纤柳影外，双燕穿风，犹梦花张蕾。恍若千红嗟旧爱，奈何愁绪幽如海。

无意留春春不改，勾月将盈，水渌清辉晒。茕孑归鸿终不悔，波涛深处听欸乃。【蝶恋花】

9

秋分

又来到一年中的这个点，秋分。这天起，应该天气明显的凉爽起来，可广州是南蛮之地，过去不适合人类居住，天气也是不讲道理的，到如今还是这样，昨晚因没开空调，居然被热醒，你说不够奇葩吗？不过即便这样，也知道折腾不了几下，天气一定是见凉了，记得我是喜欢冬天的。

这是桂花的季节，我其实是个花盲，但我偏巧就记住了桂花的香味，虽然还是不记得它长成什么样，但闻味就知它来了。然后，带桂花味的东西也跟着喜欢，因为好不容易在万花丛中得知了它嘛，有桂花味的食物亦都爱吃，甚至还用桂花来煲粥，不过桂花酿成的酒不是我的菜，我持酒戒的。

当然，我对桂花有特别的感觉，与父母有关，他们都已作古，前后相距八年，却选在同一天去的，农历八月二十九日。记得那年从乡下办完父亲后事回到家中，正遇着阳台里父亲种下的桂花绽放，好猛烈的香气，我就一下子记住了她。而在这八年之后，我从藏地星夜赶回家中，以见母亲最后一面，一路上，也能闻见桂花之味，其实一直在车上，何来的桂花？

年轻时活得懵懵懂懂，从来不会感知天地节律，当然，身体也是好，冷不觉凉，热不惧燥，永远油盐不进，能经干湿。现在就不行了，身体敏感起来，差一件衣服，或者被子厚薄小许，也让人通夜不适。哈哈，我的被子控就是写照，这几年家里陆陆续续增加被子，各种质地斤两的，超过十床了，以应对不同的温度，实在有点令人失笑，但我自己却是认真的。

以一首诗来叙叙秋日之感，七律太长，往往觉得啰唆，不过里面有一句却是切题的：行到秋分浮叶稀。季到秋天，人到中年，适合用减法，一切都最好断舍离。这原本是我要讲的一个新课，教人家如何用断舍离作内外的减持，关键词是让身心有用，而不失轻盈。因为，浮叶毕竟累赘，当扔，其实到最后连花朵也是，你不理它们，它们自己也要坠地不是吗？不过后来发现，这个断舍离，还是不讲为妙，因为，我控制不了大家，包括自己，我们都带着千年的惯性——做加法。那么，我们能做什么呢？就只有，到来年春上，去祭芳菲吧：

桂枝飞瓣追凉月，行到秋分浮叶稀。
形魄三生惊路客，寻声七步满东扉。
存思灵卉嘉千岁，继念孤云每振衣。
忍记曾于风外见，来年春上祭芳菲。

【七律】

10

肥红

三万里肥红，当是盛世之相，那是在梦中吗？其实也不是，你说就是眼下，也没大错，因为如果盛世只是外相，那现在就太是了，今日中华大地的繁富情形，的确让世界开始侧目了，不说别的，就说房子，哪里不是美轮美奂的！当然，房价可以隐括吗？

我的一位老师曾告诫过，若我们都只是满足于世相的宏阔，那么我们每一个人的终极结局就只是在无限的轮回里将脸面全部丢尽。如此说来，三万里肥红，跟你我真的相关有用？恐怕只会让我们在丢脸这件事上加分吧？

老师的这种醒世告诫不一定对谁都有效，可对我是有效的，我一直都相信美滋滋的悠然自得仅仅是时效有限的止痛药，哪怕你拥有无可限量的世俗领地，在那里一切全都由你呼喝，那也枉然，你照样最终“脸面丢尽”！原因只有一个，就是你选择了有限，尽管你的有限在他人眼里是极大的一盘棋，那也不能免于最后光腚见人的下场。

中国人的选项中，一直都有通向无限的路径，但是你会说，我们也有春秋战国时豪猛旷绝的人间大戏啊！不过你也看到了同一时期的中国人堆里有孔孟老庄嘛，他们的骄横之影才是俺们中国人流转千世的深大套路，在他们那里，春秋战国那些戏剧都只是鸡碎小事，这你可以从后世人们只读这几个人的著作，而不太去理会什么春秋左传战国策之类的书就能看得出来。

自然，人间大戏是不可以或缺的，我也很需要这个，因为我发现，有时做一条鱼更让我有存在感，在水中畅流无碍那个自由人类就没有，除了不能被控于岸，那几乎就没有什么可抱怨的了。龙有什么，飞那么高，往往高处不胜寒，飞那么远，又没有什么大餐吃，累。这当然只是鱼的视角，至于龙可以盘旋在三万里肥红之上，而当它们为无物，鱼们更是不了解的。

有鉴于此，我更愿意在做一条鱼的同时，也不排除遇见可以一跃而过的龙门，那三万里肥红，真的就没有什么吗？切！我偏要看看。

烟翠横滩，远林向海，壁天西照驾虹。遍轻云处，有宿鸟栖风。细浪吹沙迭白，人稀了、帆影飞踪。居于淼，夜分时雨，却皎月当空。

匆匆，闲意趣，痴生聚落，积劫灰蒙。也曾奉深心，尘刹难容。末世清流鲜薄，当思鱼、不测池龙。飞矣去，还更击水，三万里肥红。【满庭芳】

后记

古诗我们都爱读，现代人的打油诗，也会在不同的场合经常遭遇到，唯独今天的人写的符合古典规范的诗词，比较少有机会看到。那么，现在的中国，还有诗意吗？曾经号称为诗的国度，到底还有几分真实诗意残留着呢？我们会担心，不过，其实大可不必。

因为，当我们说到诗意的时候，往往会带出另外的一个东西，它比诗意更高——“道”。中华文化本质上是道文化，但却有着无数的出入口，它们都在某种高度上与道相接，像我们都耳熟能详的诗词歌赋、琴棋书画等等都是。其中，诗词是中华文化里标榜高贵的文化符号，其与道相接的诗意，更是历代文人学士们最喜欢玩的套路。

道是永不消失的，那么，诗意就一直都在。生活于现世，江湖套路的确深而广，诗词变得稀有，这与当今大行于世的术器为王相配合。那么，这个时候诗词在哪里？该安放何处？真相是，诗词及诗意，变得更为高贵，因为不会消失，而且本来稀有。

我的这本小书，并不是专门讲诗意的，而是讲生活，但终还是发现，诗意无所不在。哪怕一个真正的俗人，他的周遭也一样弥布着满满的诗意，而只是我们缺乏发现，更少有将它们表达出来的手段。好吧，这便是我正在做的。读这本书吧，希望因此你知道，在你的天空中，从来没有缺少过诗意。

这里有100篇文章，讲生活的套路，也讲讲套路背后的隐秘，都是我们天天能遇到的生活小事。然后，无论它们多么渺小苍白，却居然还有诗意藏匿其间，因而每篇文章，都配搭一首诗或词以为升华。我指的是，严格意义上的诗词，像俗话说的，合仄押韵，那是必须的。每篇文章都独立，你可以随时随处，翻到哪儿就读到哪儿，丝毫不会失去阅读的乐趣——如果它有的话。

要专门说一下，本书有插图，照旧由我的上一本书（《生活的感觉》）的两位插图作者经手，他们是包悦先生和陈嘉裕女士。在那一本书里，因为插图太美，读过的人有的说，只翻插图，不读文字，你看，我该有多失败。

本书共有十章，每一章前面都有一个章引，那是专为说诗词的。毕竟书与诗意相关，我们有必要明白诗词为何物，它们是如何得来的。但只作简单的介绍，目的是让你很轻松就能了解，那些本以为甚为复杂的东西，其实并不复杂。当然，若你无意那么认真，就绕过吧。